バーバラ、バルバラ、バーバレラ

芳賀 透
HAGA Toru

文芸社

バーバラ、バルバラ、バーバレラ◎もくじ

ぼくとミチアキ、ＹＹコンビのこと

「ねえ、きみはさ、バーバラのこと、どう思ってるの？」

「きみ」というのは「ぼく」のことで、「ぼく」というのはここにいるこの「私」、つまり十六歳の日本人の男子である、この「ぼく」のことである。

「バーバラ？　好きだよ。でもさ、あの子、なんかヘンじゃない？」

「どこが？」

そう聞かれると困るのである。でも、なんかヘンでしょ。相当ヘンでしょ？　それに、なんでおまえがそんなこと聞くのよ。

「おまえ」というのは、「ぼく」の目の前にいる同じ高校二年の男子、吉村道明のことである。あ、ぼくの名前は矢野真一。

「どこがっていっても、うまく言えないけどさ、すごく危なっかしい感じがしない？」

とりあえずそう答えると、「危なっかしくはないけどな」道明は鼻の頭をかきながら即否定した。

「別に危なっかしくないけどな。いざとなったらあいつ、強そうだし。うん、危なっかしいというより、モロ危ないんじゃないの？」

なんだ、分かってるじゃないか。そう、モロ危ない。予測がつかない。

「でもさ道明、どうしてそんなこと聞くんだよ」

「きみ、バーバラのこと、気にならないの？　さっき、好きだって言ったよね」

「いやいや、そりゃ、好感が持てるって意味だよ」

「オレはさ、バーバラをひと目見たときから、きみと相性がピッタリだと思ったんだよ。お似合いのカップルというか、いっしょに雛壇に並べて、いちど眺めてみたいというか、そういうの、あるだろう？」

「ないよ。そんな趣味、ぼくにはない」

「いや、オレはこの際、人類愛と同胞愛に燃えて、なんとか二人の橋渡しをしたいと思っている。一応、含んでおいてくれ」

「含んでって…、おまえ、きょう少し変だよ」

「人類愛は少し言い過ぎかな。たぶん、オレ、バーバラのことが好きなんだよ。あ、これ、好感が持てるって意味ね。だから、オレの数少ない貴重な友人と、なんとかくっつけたいと思ってるわけよ。オレには恋愛は無理だから」

「少し屈折してるんじゃない？　それより、早くウドンの汁飲みなよ。どうせ、それ全部飲むんだろ」

五分後、ぼくたちは学食を出た。吉村道明とは中学のときからの腐れ縁である。高二でも同じクラスになり、人呼んでＹＹコンビ。道明は自分のことを「オレ」というのに、ぼくのことは「きみ」と呼ぶ。逆に、ぼくは「ぼく」と「おまえ」。こういうのを割れ鍋に綴じ蓋というのかな、あれ、違ったっけ？

連休が明けたら彼女がいたんだよ

バーバラがぼくたちのクラスに来たのは五月の連休明けだった。

担任に紹介されたあと、彼女はいきなりこう言ったのだ。

「わたしのことはバーバラと呼んで」

一同、顔を見合わせた。ぼくと道明も、もちろん。

聞きとれなかったと思ったのか、彼女はもう一度繰り返した。

「わたしのことはバーバラと呼んで。ええと、趣味とか特技とかは、そのうち説明します。よろしく。以上」

だって彼女、目が大きくて多少バタ臭い感じはあるけれど、どこからどう見ても日本人だし、名前もいましがた「吉澤七海」と紹介されたばかりなんだもの。なにがバーバラなんだか。

ともかくそれ以来、彼女はバーバラと呼ばれるようになった。が、なぜバーバラなのか誰も知らない。ちょっと聞きにくいのだ。そう思わせる雰囲気が彼女にはある。なんていうか、彼女、落差がすごく大きいんだよ。ふだんは割と明るくてよく笑うけど、突然黙り込んだりする。それも半端ないダンマリ。囲碁や将棋で「長考に沈む」っての、あるじゃない。まさに、あれ。深く深く沈んじゃうんだよ。あと、怒るときも半端ないなあ。なんかこう、目と肩が吊り上がって、「許せない感」が全身にみなぎってくる。いや、だれかを攻撃するわけじゃないよ。不条理とか、理不尽さとか、世の中にはいろいろあるじゃない。そういう話を聞かされると、「逆鱗モード」のスイッチが入るんだね。きっと。

さすがに先生たちは「吉澤さん」と呼んでいたけど、それも初めのうちだけ。なにしろ彼女、「吉澤」にはまったく反応しなかった。ある日、業を煮やした数学の教師が何度も「吉澤さん」と呼んで、彼女の目をじっと覗き込んだんだけれど、彼女、にっこり笑って「わたしのことはバーバラと呼んでください」、それで勝負あった。ダメ押しは、クラス委員長の池田が英語の教師に言ったひとこと、「ジャスト・コール・ハー・バーバラ・プリーズ」。いや、池田は必ずしもバーバラの肩を持ったわけじゃないよ。なんというか、最大多数の最大幸福。授業を円滑に進めるための、委員長としてのお務めだね、あれは。

で、なんの話だっけ？　そうそう、彼女はめでたくバーバラになりました。そこまではいいけど（よくないか？）、彼女、なぜかぼくたちに急接近してきたんだよね。なぜか。まあ、考えてみれば当然かな。だってぼくたち、結構クラスで浮いてたもん。バカばっかりやってるＹＹコンビ。で、バーバラも浮いてたでしょう？　だって、いきなり「バーバラと呼んで」だよ。そりゃ浮くよね。あ、でもバーバラの場合、話し相手がいなかった訳じゃないんだよ。イジメに遭ってた訳でもない。逆にけっこう人気者だったりして。でもさ、それでも浮くわけ。分かるでしょ？　あの娘、ときどきカゲキなんだもの。

まあ、いいか。正直、バーバラと話してると楽しいんだよね。自然に話せるっていうか、少なくともクラスの他の連中に比べたら、全然面白い。たぶん道明も同じじゃないかな。え？　バーバラがどんなふうに接近してきたかって？　どんなふうにもなにも、ただ話しかけてきたんだよ。昼休みに。その話、聞きたい？ ほんとに？

レトロ研究会、または温知クラブの発足

「レトロ研究会を作りましょう。あ、温故知新クラブでもいいです」

いきなりである。ぼくと道明はまた顔を見合わせた。

「うちの学校は五人以上いないとクラブは作れないんだよ」と道明。

「もちろん非合法のクラブよ。だから三人で充分」

「レトロはいいよね。でも、何のレトロ?」と今度はぼく。

「何のレトロ、は変ね。レトロの何、というべきじゃないかしら」

「じゃ、レトロの何?」

「レトロのすべて。そもそもレトロの何が人を惹きつけるのか、それを実例に即して研究するの」

「なんだか、具体性に欠ける話だなあ」

「具体性なんて、やってるうちに出てくるって」

「分かった分かった。で、初めに何をすればいいの？」

ここでバーバラは満面の笑みを浮かべた。「会の命名です」

非合法クラブの名前は三秒で決まった。バーバラが一方的に宣言したのだ。しかもレトロ、レトロってさんざん言ったくせに、「温故知新、略して温知クラブ」だとさ。

「温知クラブって、なんか誤解を生まない？」と道明。

「どうして？」

「だって、オンチだろう？」

「あ、分かった、ミッチ、音痴なのね？」

「ミッチ？　それ、オレのこと？」

「ほかにいないじゃん。ええと、音痴の件は大丈夫。だって、あたし音痴じゃないもん。歌だけは結構うまいんだよ。ちょっと自信ある」

道明はだらしなく笑いながら、「ミッチかあ」などとつぶやいている。

「それに、なんか古めかしくない？」これは、ぼく。

「レトロだもん。当然よね。あ、でもシンちゃんがいやなら、変えてもいいのよ」

こんどは「シンちゃん」ですか。いやいや、シンちゃんはバーバラの仰せのとおりにいたしますよ。

「じゃ、いい？　温知クラブでいいね。初会合は本日午後四時ということでいかがでしょうか」

「場所は？」

「シンちゃんに一任したいと思います。あたし、まだ土地勘ないから」

ということで、記念すべき初会合は、「ポプリ」という名前の喫茶店で開かれることになった。学校から五分ぐらいのところにあるハムピラフとパンケーキのうまい店。少しレトロな雰囲気もあって、バーバラも気に入ったようだ。

「ふふ…」バーバラが紅茶を飲みながら笑っている。

「楽しいね。こういうのって、なんか楽しいね」

ぼくは少し心配になってきた。バーバラは何か勘違いしているのではないか。ぼくも道明も、女の子がいっしょにいてそれほど楽しいヤツじゃないはずだ。こんな普通の喫茶店で、普通の高校生が放課後に三人でお茶して、いったい何がそんなに楽しいのだろう。

「あのさ、どうして『レトロ』なわけ?」単刀直入に訊いてみた。

「ほんとうは何でもよかったんだけどね」とバーバラ。「どっちかっつーと、シンちゃんやミッチと話がしてみたかったのよ。ちゃんとした話をね」

「オレ、ちゃんとした話なんかできねえよ」とミッチ、じゃなくて道明。ええい、もうメンドいからミッチでいこう。

「そうかなあ、ミッチもシンちゃんも、きちんとしてると思うけどなあ。あのさ、二人とも少し浮いてるでしょ。まわりから」

ズキン。痛いところを突かれてしまった。でも、バーバラだって浮いてるじゃん。

「浮いてるってのはね、きちんとしてる証拠。だって、浮いてない人ってのは、社交ばかりやってるでしょ。で、社交ってのは、みんなと同じ、あたりさわりのないことを言ったりやったりするわけ。そういうのって、すごく不真面目だと思わない?いい加減だと思わない?」

「いや、オレたちは単にバカばっかりやってるから、浮いてるんだと思うよ」

「そのバカの中身が大事なのよ」

「バカに中身なんかないと思うよ」

「あるある、絶対ある。政治家のバカと革命家のバカは違うし、人気とりのバカと抗議のバカは全然中身が違う。ストーンズのバカはビートルズのバカと違う」

「なんか、すごい話になってきたね。ぼくたちはただ、面白いことをしようとしてるだけなんだけど…」ぼくはそう答えたけれど、でも、なんとなく分かるな、バーバラの言ってること。

「あ、でもレトロが好きなのはほんと。だいたい、ほとんどのことは古けりゃいいってものよ」

「は?」

「古けりゃいいってものなの。あのね、時間に耐えて残っているものには、考察するだけの値打ちがあると思うの」

「バーバラ、偉いね」

「どして?」

「だって、いまどきの高校生、そんなこと言わないもの」

「シンちゃんってば、それ褒めてるの?」

「褒めてるんだよ。ベタぼめ。ほんとはね、ぼくも古いほうが好きさ。古くてどっしりした家に入るとすごく落ち着くんだ。逆にピカピカ、ペラペラ、ツルツルした新しいものに囲まれてると、だんだん頭が痛くなってくる」

「あ、オレもそう」とミッチ。

「でも、シンイチには負けるな。シンイチが子供のころ住んでたのは、江戸時代に建った家なんだよ」

「江戸時代? それ、すごーい。どこにあるの?」

「もうないよ。五年ぐらい前、後妻に来た婆さんが、取り壊して新しい家を建てちゃった」

「なんてことするんだろ。その婆さんて、野蛮人ね。昭和レトロどころじゃなかったのに、あーあ、残念」

「ミチアキ…ミッチだって、相当なレトロなんだよ」

「なになに？　どういうこと？」

「ひとことで言えば、こいつは『六〇年代マニア』なの。激動の一九六〇年代。その混沌の中に現代のすべてが凝縮されている。音楽も、文学も、思想も、工業技術も、社会運動も、すべて六〇年代が一つのピークで、それ以降の出来事は残照というか、気の抜けた長い反芻に過ぎない、これがミッチの持論なんだよ」

「あと、映画と舞台ね。ああ、六〇年代に高校生でいたかった」ミッチは遠くを見る目付きになっている。ふと見ると、そのミッチの横顔を、バーバラがじっと見詰めている。

「ミッチ、素晴らしいわ…」

「え、いや、だって自明でしょ。エルヴィス、アリ、ボブ・ディラン、ジミ・ヘン、フェリーニ、ゴダール、ほかの時代にはこんな人たち、いないよ」

「じゃ、ほんとにレトロってことでよかったのね。別にあたしに合わせてくれてる訳じゃないのね。よかった、よかった。あたしの嗅覚もたいしたものね」

「嗅覚？」

「だからさ、言ったじゃない。ミッチやシンちゃんとは話が合うような気がしたのよ」

それから二時間ほどダベったけど、初会合とは名ばかりで、昔のロックやら映画やら食べ物やらファッションやら、ただもう、とりとめなく話してこの日は散会した。で、第二回会合は翌日の午後ということになった。

ゴローさんと絶滅危惧種のこと

翌日は土曜日である。ヒマだね、ぼくたちも。

せっかくだから昼メシも「ポプリ」で食べようということになった。全員ハムピラフ。

「ねえ、最近、レトロなガード下って人気があるじゃない？　あれ、どう思う？」

唐突にバーバラが口火を切った。毎度のことだけど。で、自分で振って、自分で答える。

「あれ、あたしあんまり興味ないの。シンちゃんは、どう？」

「ん？　別に。そんなに行きたいと思わないけど。で、どうしてガード下なの？」

「それそれ、そこを聞いてほしかったの。理由は二つあります。一つはね、レトロの安売りというか、わざとらしいのよ。もう一つは、同じことかもしれないけど、ガード下に出入りする人たちがちっともレトロじゃないの。サラリーマンとか、東洋趣味をはき違えてる外国人とか。だいたいガード下の店でスマホばかりいじってるじゃない」

「バーバラに賛成」とミッチ。「あれはさ、なんていうか、ファッションじゃない？　商売の意匠というべきかな。昔のガード下って、全然違うと思うんだよね。棲息していた人種がさ」

「あたしもそう思う。そうそう、人が違うのよ」

「前にね、うちの爺さんの知り合いに聞いたんだけど、それこそ六〇年代の話だけどさ、そのころのガード下は面白かったらしいよ。安酒でぐでんぐでんに酔っぱらって、他の客にからむわ、酔いつぶれるわ、泣きわめくわ、取っ組み合いの喧嘩をするわ。なにしろ、あやしげな人種の巣窟でさ、サラリーマンだって一皮むけば学生運動くずれとか作家の卵とか、訳ありの人が多かったんだって」

「そのお爺さんの知り合いって、何をしている人？」

「知らない。本人は自由人とか言ってるけど。一応無職なのかなあ」

「お年は？」

「若く見えるけど、六十代の半ばぐらいかな」

「その人に一回会ってみたいわね」

「会えるよ、いつでも」

「え、ほんと?」

「学校の裏のさ、橋を渡ったところに植物園があるじゃない、野草園って言ったっけ? あすこでボランティアの説明員してるんだよ」

「説明員?」

「説明員だかガイドだか、正式な肩書は知らないけど、植物園に来た人たちにいろいろ教えるんだよ。木の種類とか、花の名前とか」

「ふうん…。どうして植物に詳しいの?」

「知らない。ゴローさん、何でも詳しいんだよ。植物園はたまたま自宅の近くにあったから気が向いたんじゃないかな」

「ゴローさんていうの?」

「そ、下に口があるほうの吾」

「ミッチはゴローさんと親しいの？」

「親しいっていうより、オレのお師匠さんかな」


三十分後、ぼくたちは「野草園」の前にいた。入園料大人二〇〇円、子供五〇円。年中無休。バーバラがぼくに尋ねる。

「シンちゃんもゴローさん知ってるの？ 急に押しかけて、怒られないかな」

「大丈夫。ミッチの友だちは歓迎してくれるよ。それにゴローさん、結構フェミニストだもん」

ここまで来て急に心配になるなんて、バーバラ、意外にオトメだね。かわいい！ そう言ったら、思いきりヒジ打ちを食らった。

園内を歩いていくと、ゴローさんはすぐ見つかった。植物の専門家というよりロックミュージシャンのような格好をした男が、池の水辺で何か熱心に話している。テンガロンハットにぼろぼろのダメージドデニム。ギターを持っていないのが不思議なぐらいだ。

「おお、ミチアキ、どうした？　シンイチも一緒か？」

ゴローさんは目ざとくミッチを見つけると、来園者への説明を適当にはしょって、ニコニコ笑いながらこちらへやってきた。

「説明はもういいの？」

「いいの、いいの。どうせあの連中には分からない。豚に真珠、猫に小判よ。ん、こちらのレディーは？」

「はじめまして。バーバラです。ミッチとシンちゃんのクラスメート」

「よろしくね、バーバラ。変なやつらだけど、仲よくしてやってね」

「バーバラ」と聞いても、まったく意に介さない。さすがはゴローさん。

「で、きょうは何？　ミチアキが野草園に来るのは珍しいね。バーバラのリクエストかい？」

「実はあたしたち、今度クラブを作ったんです。レトロ研究会」

あれ、「温知クラブ」じゃなかったの？

「でね、ゴローさんに顧問になってもらおうと思って。ね、シンちゃん」おいおい、聞いてないよ。

「顧問はいいけどさ、何をすればいいの？」

「ときどき話を聞かせていただきたいんです。昔のこととか。あと、いろいろご意見を」

「ふうん、たいした話はできねえよ。でもまあ、いいか。じゃあ、きょうはもう店じまいだ。少しダベリに行こう」ゴローさんも話が早い。


土曜だけど園内は空いている。四阿（あずまやって、これでいいんだよね？）に陣取ると、ゴローさんとミッチが自販機から飲み物を買ってきた。

「で、そのナントカ研究会のきょうのテーマは？」とゴローさん。

「ガード下です」バーバラが即答する。

「六〇年代だよ」これはミッチ。

「なんだ、要するに六〇年代のガード下か」

「そういうことです」

「ああ分かった、分かった。いまガード下ブームだからな。いまの小洒落たガード下と、昔のガード下と、どこが違うのか。そういうことだろ?」

「そういうことです」

「んん、ガード下ねえ」ゴローさんは少し空を見上げてニヤッと笑った。

「あのさ、いろいろ話してあげたいんだけど、俺もちょっと辛いんだよね。懐かしいけど、ヤなこと、ヤバいこともいっぱいあるのよ。裏切り、泥酔、殴り合い、警察沙汰になったこともあるし、飲み倒した店もあるし、ああ、クスリや葉っぱを分けてもらったこともあったなあ…、まあ、いまとなっては笑い話かもしんないけど、あのころは必死でさ、正直、あまり思い出したくないこともあるのよ」

「そうでしょうねえ」とバーバラ。「ごめんなさい。でも、そういうところが、いまのガード下とは違うんですね。やっぱり人種の違いなのかなあ」

「はは、バーバラ、話がうまいね。いや、人種は同じだと思うよ。日本人のいいところ、悪いところ、素敵なところ、ダメなところ、それは五十年やそこらでそんなに変わらない。それより、この何十年かでもっと変わったことがある」

「経済規模とか、情報システムとか…」

「社会的にはね。それに伴って、人間のある部分がかなり変わっちゃった。さて、そこでクイズです。それは一体何でしょう?」

「え、なんだろう」

「答えは一つじゃないんだけどね、俺が一番感じるのは、脳ミソの中の『バカの量』なのよ。バカなやつがいなくなってしまった」

「え、あたし、充分バカですけど」

ゴローさんは役者のように人差し指を立て、横に振った。きっちり二度。

「お嬢さん、知ってるでしょ。バカには二種類あるのよ。良きバカと悪しきバカ。前に偉い先生が『バカの壁』とかいう本を書いたけど、あれは悪しきバカの話。イコール小賢しさ」

「じゃ、良きバカっていうのは?」

「別名、大きなバカ。つまりね、創造力、打開力、突進力、それに大局観、そういうものに繋がるバカのことさ。むかし、勝海舟が西郷隆盛を評して、あれはバカだ、でも途方もなく大きなバカかもしれない、そんな意味のことを言ったそうだよ」

「なるほど、大きなバカねえ」

「よく大愚って言うじゃない。知らないかな。大愚良寛とかさ。あれ、自分をへりくだって言う言い方だけど、ビッグなフールでもあるのね。とにかく、そういうバカが少なくなってしまったのよ。絶滅危惧種だね、いまや」

「ほらね、言ったでしょ。ミッチ」

「ん？　なにを？」

「この間言ったじゃない。バカの中身が大事だって。あ、分かった！」

「なに一人で分かってんだよ」

「あたしがあんたたちと話をしたかった理由。要するにさ、バカが大きいのよ、あんたたち」

「その『あんたたち』ってのやめてくんない？」

「じゃ、きみたち。要するに絶滅危惧種なのよ、きみたち」

ゴローさんがまた人差し指を立て、今度は縦に振った。きっちり三度。

「そこだよ、大事なのは。あのね、レトロやガード下もいいけど、あんまり小さく限定しないで、大きなバカ全般を研究してみたら？　面白いと思うよ。それにしても君たち、三人とも絶滅危惧種だね、はは、こりゃいいや。いや、俺もそうだけどね」

でも、どうしてバーバラなのさ?

というわけで、(どういうわけで?)第三回会合である。

珍しく日・月とヤボ用ができ(ぼくとミッチ)、火曜はバーバラがお出かけとかで、水曜の放課後になった。場所はまたポプリ。バーバラがおごそかに開会宣言する。

「では、大バカ研の第三回会合を始めます」

おいおい、温知クラブでも、レトロ研究会でもないのかよ。

「ん? 大バカ研でいいよね。だって絶滅危惧種問題研究会じゃ、長すぎるよね」

「オレはいいけどさ。バーバラ、抵抗感ないの? 大バカなんて」

「ぜーんぜん。シンちゃんもいいよね」

「いいよ。どうせ、また変わるような気がするし」

「ではそういうことで。ええと、では宿題からやりましょう」

え、宿題なんて、あったっけ?

でも、どうしてバーバラなのさ？

「これまで一番感動したバカの実例を一つずつ挙げてください。はい、シンちゃんから」

「ええ？　ちょっと、ちょっと待ってよ。ええと、感動したわけね、そうだなあ…。あのね、中学のとき、授業中にずっと窓の外を見てたやつがいたんだよ。ずうっと。先生も気付いてたけど、そのうち止めるだろうと思って何もいわなかった。でも、全然やめない。とうとう先生、切れちゃった。こらっ！いい加減にしろ。お前はさっきから何を見てるんだ。そしたら、そいつ、こう言ったんだ。あそこに煙突がありますね。あの高い煙突…」

「え、煙突を見てたの？　それで感動したわけ？」

「続きがあるんだよ。彼はこう言った。あの煙突のてっぺんにカラスがとまってますよね…。カラス？カラスがどうした？　そんで、きょうはかなり風が強いじゃないですか…。だから、それがどうした？　だからですね、あの煙突のてっぺんはどのぐらい揺れてるんだろう。カラスは平気なんだろうかと…」

突然ミッチが叫んだ。「あっ、それ、オレの話じゃないか」

「そうだよ。お前だよ。いやあ、あれはシュールだったなあ」

「オレはただ、真面目に答えただけだよ」

「それがおかしかったのよ。あの時の先生の顔ったら…。人間てさ、ほんとにポカーンと口を開けることがあるのね。ともかく、ぼくはあの時から、ミッチに一目置くようになったんだよ」

「ほんとかねえ。ま、周りの連中は引いちゃったけどな。あの時はみんな笑いころげたくせに」

「あのさ」バーバラが口をはさむ。

「そのカラスって一羽だったの？」

「そうだよ。どうして？」

「たった一羽で、風の強い日に煙突に止まってたわけでしょ。そんなとこで、何考えてたのかな」

「そうだろ？　そう思うだろ？　オレもそういうこと、ぼんやり考えてたわけよ。そしたらすっかりカラスの気分になってさ、なんだかもう、揺れてる煙突の上にいるよう

でも、どうしてバーバラなのさ？


な気がして…」

「分かる分かる、すごく分かる。授業どころじゃないよね」

カラスと煙突ですっかり盛り上がっている。大丈夫？　君たち。

「じゃ、今度はミッチね。ミッチが感動したのは？」

「そりゃ、オレもこいつについてはいろいろあるけどさ、二人でエール送りあってもしょうがないし。やっぱり、あれかな、『あたしのことはバーバラと呼んで』事件かな」

「なによそれ、あたしが大バカなの？　それに、それって事件なの？」

「バカは、この際ほめ言葉だろ？　それにあれは、りっぱな事件だと思うな。みんなブッたまげてたもん。……あのさ、まだ聞いてなかったけど、そもそも、なんでバーバラなのよ？」

「あれ、話してなかったっけ？　うちのママがね、バルバラって人の熱烈なファンだったの。フランス人の歌手。知らない？　で、なぜだか分からないけど、あたしのことを小さいときから『バルバラ』って呼ぶのよ。初めのうちは変なのって思ったけど、そのうちバルバラでもいいかなって思えてきて……。一つぐらい親孝行しようかな、みたいな」

「バーバラじゃなくて、バルバラ?」

「ほんとはね。でもバルバラだと言いにくいでしょ。自然に伸びて、バーバラになっちゃった」

「ふうん、あのさ、萩尾望都の『バルバラ異界』ってあるじゃん。あれは関係ないの?」

「シンちゃん、よく知ってるね。あたり! あれもママの愛読書。いや、あたしの愛読書かな。なんとなく意識はしてたかも」

「あと、ロジェ・バディムの荒唐無稽な『バーバレラ』なんて映画もあったね。ジェーン・フォンダが変なマシンで責められる…」

「やあねえ。ちょっとエッチなSFでしょ。それは関係ないと思うけど、うちの親、何考えてるか分からないからなあ」

「でもさ、話は戻るけど、別に学校でまでバーバラって呼ばせなくてもいいんじゃな

でも、どうしてバーバラなのさ？


いの？」

「だから、それはあたしの問題なのよ」

「へ？」

「あたしの大脳がね、もう自分のことをバーバラって認識してるわけ。七海じゃなくって。……ママなんか、七海って名前ももう覚えてないんじゃないかな」

「そりゃ、ひどい。だったら、はじめからバーバラって名前つければいいのに」

バーバラは小さくため息をついた。

「んん、そこがちょっと微妙なのよね」

「どういうこと？」

「ママはたぶん、バーバラって命名したつもりなのよ」

「確かめてないの？」

「下品だもの。踏み込んじゃいけないことって、誰にでもあるでしょ」

「そういうもの？」

「そういうものよ」

「ま、いいや。ええと、じゃあ今度はバーバラの番ね」

「少し話が長くなるけど、いい？」

麻の木の上を毎日跳んでたんだって

というわけでバーバラの「少し長い話」が始まった。

と言いたいところだけど、この日は妙な成り行きで時間切れになってしまった。バーバラのスマホが突然鳴り（バイブだけど）、メールを読んだバーバラは「変だな」とか呟きながら、「ごめん。どうもヤボ用ができちゃったみたい。ええと、四回目はまたメールするね。ほんとにゴメン」、そう言い残して店を出ちゃったんだよ。

で、当然のごとくぼくとミッチは後をつけました。ストーキングじゃないってば。バーバラの様子がちょっと変だったんだ。なんか嫌なものを口に入れてしまったような顔してた。

五分ばかり後をついていくと、バーバラは西公園に入っていった。前に行った野草園から下ったところにある、結構大きな公園。ますます怪しいぞ。だいぶ日も暮れてきたし、バーバラ、用心しなきゃだめだよ。

入り口から五番目ぐらいのベンチに座っていた人影がすくっと立ち上がった。バーバラと何か話している。木陰に隠れながらそっと近づいていくと、ありゃ、あれは隣のクラスの宗像良子じゃないか。さらに近づくと話し声も聞こえてきた。

「だからね、あんたのそういうわざとらしいところがヤなのよ。なにがバーバラよ」

宗像が一方的に喋っている。

「少しぐらいかわいいと思って、いい気になってんじゃない？ だいたい矢野と吉村と男を二人連れてさ、どういう積もりよ。いつも三人でベタベタ引っ付いて。あいつらも、あいつらだよ、バッカじゃないの」

げっ、矛先がこっちに向いてきた。まあ、バカであることは事実だけど。

「何すました顔してんのよ。七海、なんか言いなさいよ」

そうだ、バーバラなにか言いなよ。宗像、興奮してきたぞ。

「わたしのことはバーバラと呼んで」

あちゃー、それ、逆効果だよ。案の定、宗像は激昂した。

「許せない。もう許せない！ しおらしく謝ったら勘弁してやろうかと思ったけど、七海、あんた、自業自得だよ。バカヤロー」

言うなり、宗像は蹴りを入れてきた。コワイな、宗像。ふだんお嬢様フェロモンを振り撒いてるくせに。

バーバラは後ずさって蹴りをかわした。空振りした宗像はさらに興奮して二発目の蹴りを繰り出した。が、体勢を崩したまま無理に蹴ったので、バーバラにあっさりかわされ、はずみで派手に転倒してしまった。もんどり打って、こういうのを言うんだろうな。両脚を高く上げたまま後ろにひっくり返って、暗がりの中でも白いパンツが丸見えだよ。それでも宗像はすぐ立ち上がり、意味不明の叫び声を上げながらバーバラに飛びかかっていった。このあたりで、もう止めなきゃ。

「おおい、おまえら、なにやってんだよう」

口元を手で覆って、わざとのんびりした声を出し、少し間を置いてゆっくり二人のほうへ歩いて行った。宗像はフリーズする。バーバラは笑っている。

「あら、二人とも帰ったんじゃないの?」

「少し散歩。たまたま近くを通りかかったら、なんか言い争ってるような声が聞こえたんで」

「たいしたことじゃないの。ね、良子」

宗像は無言でぼくを睨みつけ、くるりと背を向けて立ち去った。

バーバラはため息をひとつ吐くと、かたわらのベンチに腰を下ろした。

「後をつけてたのね。少年探偵団ごっこ?」

「だって、気がかりだったんだよ。どうしたのさ?」

「きっと逆恨みでしょ。前からいろいろ、こじれてたの。よくあることよ」

「でも、あいつ、すごい剣幕だったね」とミッチ。

「あの子、シンちゃんが好きなのよ」

「へ? どうして? ぼく、あいつと話したことないよ」

「だから、なおさら根が深いのよ。ああ、やだやだ」

そんな話をしていると、公園の暗がりの方から男が三人歩いてきた。ぼくたちの前でぴたりと足を止める。大人びているが高校生かもしれない。なんだか嫌な雲行き。

「お前ら、こんなところで何してるんだよ」真ん中の一人がにやにや笑いながら口を開く。無視していると、「おお、シカトして、上等じゃねえか、お前ら。ちょっと顔貸してくれよ」と典型的なゴロマキの台詞。

「やめなさいよ。あなたたち」とバーバラ。

「やめたほうがいいと思う」これはぼく。ミッチは無言のままだ。

「あなたたち、三年ね。どうせ、良子のダチでしょう。あの子に頼まれたの?」

「るせえな、関係ねえだろ。おう、ボクたち、やるのか、やらねえのかよ」

「だから、やめたほうがいいですって」ぼくは再度、忠告した。

真ん中の男がぼくに向かってきた。ミッチがその前に立ちふさがる。男がミッチの胸倉をつかもうとする。ミッチがその手首をとって軽く押し返す。男はよろけて腰砕けになる。「ヤローッ」男は叫び声を上げて、ミッチに殴りかかる。

そのあとは一瞬だった。正確には二秒半ぐらい。スローモーションでリプレーすると、最初に殴りかかってきた男の顎に掌底でカウンターを入れ、横からつかみかかってきた男をすかして太股裏に回し蹴りを決め、その脚を後ろに回転させて、三人目の男のレバー(肝臓)に足刀を当てている。一瞬にして大の男が三人、地べたに這ってウンウンうなっていた。

「だから、やめたほうがいいって言ったのに」三度目の忠告は後の祭り。

「だいじょうぶだよ。相当手加減しておいたから」ミッチはまったく息を乱していない。

「どうして、こんなに強いの？」バーバラも唖然としている。

「こいつはね、ガキのころから爺さんに鍛えられて、毎日麻の苗木の上を飛ばされてたんだ」

「麻の木？」

「麻は成長が早いんだよ。だから麻の種を蒔いて、その苗木の上を毎朝毎晩跳んでいると、やがてすごい跳躍力がつくんだって…、ほんとかなあ。時代劇やなんかでは忍者の修行法として結構有名な話だけど、まさかね、本当にやってるやつがいるとは思わなかった」

「お爺さんて、忍者だったの？」

「え、違うよ。オレの爺さんはね、少林寺拳法の師範」

「ふうん、すごいね。スリル満点、レトロ感も満載」

「いやあ、弱いふりしてるけど、シンイチだって本当は強いんだよ。そもそもこいつとは、中学のときに喧嘩してから友だちになったんだ」

ぼくは簡単にノサれちゃったけどね。ミッチはほんとうにいいヤツだ。

ほんとはバーバラじゃなくてジュリエット？

というわけで、第四回会合は木曜日の午後になりました。バーバラの「少し長い話」をあらためて聞くことになったわけ。途中でお茶のお代わりをし、ハムピラフも注文し、話が終わるころにはすっかり暗くなってしまったけど、ぼくもミッチも彼女の話に引き込まれてしまった。少し端折っていうと、こんな話――。

あのね、なんであたしがバーバラなのかって話だけど、ほんとうはバーバラじゃなくて、ジュリエットだったのよ。なあに？ ヘンな顔して。これはたぶん、グレコから来てるんだと思う。知ってるでしょ、ジュリエット・グレコ。これは内緒だけどね、ミッチとシンチャンにだけ教えてあげる。実はあたし、双子なのよ。双子の姉が真海、妹のあたしが七海。真海と七海。バルバラとジュリエット。でも、いまは一人。真海は二歳になる前に死んじゃったの。

悪性のインフルエンザでね、ただの風邪だと思って病院に行くのが遅くなって…。

あたしも一緒にかかったんだけど、きっと悪運が強いのね、死線をさまよってどうにかセーフ。真海はひどい肺炎からいろいろ合併症も起きて、結局助からなかった。それでママは、すっかりおかしくなっちゃった。

（ここから少し割愛。母親は自責の念から立ち直れず精神の失調を来し、真海、つまりバルバラが今も生きているという妄念にしがみついた。そして七海のことをバルバラ、やがてバーバラと呼ぶようになった。でもそうなると、ジュリエットはどこに行ったのだろう。ママの頭の中では…）

だから、ジュリエットはいないのよ。最初から。ママの頭の中では、バーバラ一人。最初から双子じゃなかったことになってるの。え？　そりゃ、あたしも最初のうちは混乱したわよ。もう大混乱。小学校に入るころまで、あたしも少しおかしくなってたみたい。でもね、これも悪運が強いというか、しぶといというか、ある日、あたしは立ち直ったの。七歳のころよ。原因？　特にないわ。きっと少し知恵がついたのね。あるいは混乱が一巡したのかもしれない。とにかく、ある日、憑き物が落ちたみたいに吹っ切れて、きっぱり決心したのよ。「よし、あたしはバーバラとして生きよう」って。

ジュリエットも七海も完全封印。だから学校でもバーバラで押し通したの。結果的にそれが良かったのね。ママもどんどん回復して、今じゃ何ひとつおかしいところはないのよ。あたしがバーバラでいる限りはね。

「でもさ、いろいろ書類とかあるじゃない。学校からの通知表とか、親への連絡書類とか。それはどうなるの？　それにはやっぱり七海って書いてあるんじゃないの？」

ミッチが当然の疑問を口にする。

「それがね、ママには七海って文字が見えないらしいのよ。だいたい七海は初めからいないんだから、いない人の名前が見えるわけない、そういうことじゃないかな。よく分からないけど、たぶん、ママにはそのあたりがぼうっとグレーに見えてるような気がする」

「バーバラ、それでいいの？」

「いいも悪いも、仕方ないじゃない」

「いや、だからさ、言いたいのは、それだと七海もジュリエットもこの世にいなかったことになっちゃうんだろ？　それでいいのかよ」

「いいじゃない。バーバラでもジュリエットでも。どっちも親が付けてくれた、いわば記号でしょ。それで百年も生きてきたならともかく、ほんの一、二年、呼ばれただけだもの。あたしにはこだわりないな。いいじゃない、二人分生きるんだもの。それにね、バーバラって名前、あたしは気に入ってるんだ」

ミッチが感に堪えぬというように呟いた。「すげえな、バーバラ、双子だったのかよ。エルヴィスと同じだね」そこかよ。

「ただね、ひとつだけ気がかりなのは、ママの本心というか、なんていうの、深層心理みたいなものよ。さっき、グレーに見えるっていったでしょ、それって無意識にボカシをかけてるわけじゃない？　だから深層意識ではバーバラが死んだことを知りながら、表の意識はそれを認めまいとしてプロテクトしてるんじゃないかな。もし、そうだとしたら、それって相当きついよね。心の奥底の葛藤が…」

「どうだろう。ママにも聞けないよね」

「あ、いいのいいの。ときどき、ふっと気になるだけだから。人間なんてさ、みんな自分をだましたり、嫌なことを心の中に押し込めたりして生きてるんだから。ママだって同じよ。あんまり気にしても仕方ない」

「あのさ」ミッチがおずおずと尋ねた。「パパはどうしてるの」

「あれ、言わなかったっけ？　シングルなの」

「へ？」

「シングル・マザーなの。うちは」

「あ、そういうこと。そういえば、シンイチのとこもシングルだよ」

「そうなの？」

「うちはシングル・ファーザー」

「じゃ、おあいこだね」

「うん、おあいこ」


ここまでが、話の前半。で、「感動したバカの実例」はどうなったのよ？　とミッチに促されて、バーバラはまた話し始めた。

ところが中学のとき、大ピンチになったのよ。口やかましい女教師が担任になってね、吉澤七海がバーバラだなんておかしいって騒ぎ出したの。アイデンティティーがどうの、人格形成への影響がこうの、教育評論家みたいなこと言って、ママを学校に呼び付けたのよ。で、「なぜ七海さんが、バーバラなんですか？」そう問い詰めるわけ。ママは首をかしげて「その七海という人はどなたかしら。いったい何をおっしゃりたいの？」土台、話がかみ合うわけないのよ。

そうしたら、その教師、すっかり頭にきて、バーバラと呼ぶ理由を文書にして提出しろだの、戸籍謄本を持ってこいだの言い出したの。ひどいでしょ？ 同席してたあたしは何とか穏便に収めようとしたんだけど、もう聞く耳持たないってやつね、一種のヒステリーよ。その日は話がかみ合わないまま物別れになったけど、さあ困った。その先生、粘液質だから、しつこくママを攻撃するに違いない。いっそ転校しようかななんて考えていたら、ある日、突然マイケルが現れたの！

だからマイケルよ。マイケル・ジャクソンか、マイケル・ジョーダンか、マイケル・ジョンソンか、誰にあやかったのか知らないけど、とにかくマイケルが現れたの。

本名は早瀬光一。色が黒くて、背がひょろんと高くて、それまでのあだ名は「サンボ」だったんだけどね、ある日、「おれはマイケルだ。今後はマイケルで通すから、よろしく」そう宣言してマイケルになっちゃった。それがね、徹底してるの。試験の答案用紙にもマイケルと書くのよ。え、あたし? さすがに試験だけは七海と書いてたわ。だって0点になっちゃうでしょ。

それでマイケル問題のほうが大ごとになったのよ。というのも、早瀬君のお父さん、その筋の人でね、簡単に呼び付けるわけにいかないでしょ。弱った担任は教頭に相談して、教頭もだいぶビビったみたいだけど、結局、父親が学校に来ることになったの。そしたらね、なんか怖いけど立派な人だったみたいよ。事情を説明したら、いきなり早瀬君の頭をボカッと殴って、おろおろしている教頭と担任に向かってこう言ったそうよ。「うちのバカ息子がご迷惑をお掛けして申し訳ありません。しかしまあ、セガレもそれなりの考えがあってやっていることだと思うので、ひとつ大目にみてやってください」だって。へへ、実は盗み聞きしてたんだ。

教頭はそれでもう骨抜き。でも腹の虫が収まらないのが担任の女教師ね。事あるごとにチクチクやるの。試験は当然0点。でもマイケルも徹底抗戦した。彼は、勉強は得意じゃないけど、言うことに筋が通ってるの。「先生はずるい。オレがサンボってあだ名で呼ばれてたときには見て見ぬふりしてたくせに、マイケルと名乗ったら急に文句を言い出した。サンボが良くて、マイケルがだめな理由を納得のいくように説明してほしい」どう、りっぱなもんでしょう。

「すごいな、そいつ」ミッチが思わず体を乗り出した。「で、どうなったの？」

「結局ね、マイケルは学校やめちゃった」

「え？ 追い出されたのかよ」

「違う違う。この件とは関係ないの。友だちをいじめてたやつらを成敗して…」

「セイバイか。カッコいいね」

「カッコいいけど、やり過ぎたのね。ボッコボコにして傷害事件になっちゃったの。で、最後の日、学校に来てみんなにあいさつしたのよ」

「なんて？」

「オレはオレの道を行く、みんなもみんなの道を行ってくれ」

「うわ、超カッコいい!」

「うん、みんな泣いてた。マイケルが悪くないの、みんな知ってたもん。あの担任まで涙ぐんでた。それからマイケル、帰りがけにあたしのところに来て、こう言ったのよ。『じゃあな、バーバラ。いい名前だよな』」

「へ?」

「だから、いい名前だって言ったの」

「それ、反則じゃね? それって、ジョン・フォードの『荒野の決闘』のラストと同じじゃん」

「今ごろどうしてるかなあ、マイケル。無事に生きてるかなあ。なにしろバカだからね…。あ、そうそう、去年読んだ本の中でね、ホームレスの女が主人公の男にこう言うくだりがあるの。『あんた、わたしのために血を流したわね』それを読んだとき、マイケルのこと思い出しちゃった。今ごろ、どうしてるかなあ」

バーバラの「少し長い話」は以上。

なんだか、妙にシンミリしてしまった。バーバラと別れたあと、ぼくは(ミッチもたぶん）マイケルのこと、バーバラのママのことを考え、言葉少なに帰途についた。

バーバラ、一体どこへ行ったんだよ

で、次は第五回会合のはずなんだけど、バーバラがいなくなってしまった。

ほんとだよ。突然消えてしまったんだ。二日間連絡がなかったので、どうしたのかなと思ってメールを入れたら、「ごめんね、ちょっと消えるから」だと。それから「追伸。必ず戻るから心配しないで。あと、ママをよろしくね」だと。心配するっつーの！

「シンイチ、どうする？　オレ、こういうの苦手なんだよ」

「ぼくだって苦手だよ」

「でもさ、きみのほうが常識あるじゃん。オレよりは」

「じゃ、とりあえず常識の線でいくか」

で、担任に聞いてみた。予想通り担任はまったく知らなかった。「なんかね、風邪をこじらせたようよ。インフルかもしれないから、大事をとって一週間ぐらい休むような話だったわよ」

次は宗像。「おまえ、なんか知ってるだろう。おまえが因縁つけた直後に消えちまったんだぞ」そしたら宗像、目を白黒させて「知らないよ。あたしは関係ないってば。知らないったら、知らない!」ばーか、何か知ってるな、おまえ。でも、これじゃ、らちがあかないな。

帰ろうとすると「あ、ちょっと待って」ミッチがもう一度宗像のところに行って何か話してる。「はい、お待たせ」戻ってきたミッチに何を話してたのか訊ねると「たいしたことじゃないよ。ちょいと引導を渡してたんだ。シンイチのことは諦めろ。あいつはオレが責任持ってバーバラとくっ付けるからって」おいおい、たいしたことじゃねえかよ。

というわけで、バーバラの家に行った。なにしろ「あと、ママをよろしくね」だからな。

でもバーバラのママは何をどこまで知ってるのだろう。そもそも学校を休んでることを知ってるのかしら? 一体どう切り出したものやら…。だいいち、ぼくたち、バーバラ・ママとは初対面だよ。

　案ずるより産むが易し。

「あら、こんにちは。ええと、ミッチとシンちゃんでしょう？　あなたがシンちゃん、こちらがミッチ。当たった？　あの子の描写力もなかなか的確ね。で、きょうはどうしたの？」

　バーバラ・ママは予想どおり細身の美人だった。いや、美人というより、美人の雰囲気のある工芸作家という感じ。たとえば版画家、いや陶芸家かな。しゃれた洋風の作務衣みたいなものを着ている。

「バーバラがね、でかける前に言ってたの。たぶんミッチとシンちゃんが訪ねてくるから、話し相手になってあげてって。コーヒーと紅茶とどちらがお好き？」

「どっちでも。ええと、じゃ、コーヒーでお願いします。あのう、バーバラ、どこへ行ったんですか？」

「あら、あなたたちにも言ってなかったの？　いやね、あの子ったら。ときどき消えちゃうのよ。ほんとに、どこ行ったんでしょうね」

「え、じゃお母さんもご存じないんですか?」ミッチがよそ行き言葉で訊ねる。

「心配はなさらないんですか?」これはぼく。

「大丈夫よ。あの子、わたしよりずっと自立してるから」

それからバーバラ・ママはお茶の支度をし、自己紹介を始めた。ママの名前は紗希子さん。驚いたことに本当に陶芸家だった。ぼくもミッチも初めは緊張でコチコチになっていたけれど、すぐにリラックスできた。紗希子さんは本当に話し上手だ。気が付いたら、ぼくたちはいつもの「YYコンビ」に戻ってバカ話を披露している。

「ふたりとも、しっかりしてるのね。バーバラが言ってたとおりだわ」

「バーバラ、ぼくたちのことをどんなふうに言ってたんですか?」

「そうねえ、シンちゃんはシングル・ファーザーで、古いお屋敷で育ったお坊っちゃま。ワルぶってるけど、育ちの良さは隠せない。ときどき皮肉っぽいことを言うけれど、根は親切で少し心配性。ミッチは、お爺さんに育てられて、毎朝麻の木の上を跳んでいた。嘘みたいに強くて、トッポいところもあるけど、ほんとは恥ずかしがり屋。そうそう、六〇年代マニアだそうね。そんなところかしら」

げ、全部ばれてるじゃないか。

「ねえ、あなたたちから見て、バーバラはどんな子？ 正直に言って」

間髪をいれずミッチが答える。「最高ですよ。最高！」

「どういうふうに？」

「ちゃんとものを見てる。自分の考えがしっかりある。なあ、シンイチ？」

「うん、あと、ぶれない。なあ、ミッチ？」

「そうそう、ぶれない。あと、かわいい」

「母親が言うのも変だけど、わたしもそう思う。じゃ、欠点は？」

「やっぱ、アブないとこかな。なあ、シンイチ」

「あ、いや、アブないっていっても悪い意味じゃなくて、少し正義感が強いというか、大胆というか、見ていてハラハラするというか…」

「そう、やっぱりねえ。そうなの。それだけが心配なのよ」

心配だと言いながら、紗希子さんはニコニコ笑っている。

「あのう、バーバラの行く先って、なにか心当たりはないんですか？」

「あるわよ。三カ所か四カ所ぐらい」

「え、どんなところですか?」

「バーバラが雲隠れするときに使うのは、まず音楽スタジオでしょう。それからわたしの仕事場。あ、わたしが使わないときね。それから、合宿所かな」

「合宿所ってなんですか?」

「劇団の合宿所があったのよ。バーバラね、前の街で劇団に入ってたの。アングラ劇みたいなやつ。最近はあまり行ってないみたいだけど」

「へえ、初耳でした」

「でも、今回はみんな違うような気がするな。なんかね、ちょっと、よそ行き顔してたのよ」

よそ行き顔ね、バーバラの。どんな顔かな?

そのあと、ぼくたちはケーキをご馳走になり、シャンソン歌手のバルバラとジャック・プレヴェールの「バルバラ」という詩の話を聞かせてもらって、おいとますることにした。やれやれ、何しに来たのだろう。

帰りがけに「何か分かったら、ご連絡いただけますか？ こちらからも連絡します」と言うと、紗希子さんはぼくたちをじっと見てこう言った。「あなたたちに会えてよかったわ。あの子の力になってあげてね」

聞き込みを続行、ドミニクの謎

ほかに心当たりもないので、翌日もう一度、宗像の線を洗ってみることにした。今度は少し別の角度から攻めるとするか。

ぼくたちに喧嘩を売ってきた、というよりミッチに簡単にノサレちゃった三年生に話を聞いてみることにした。

「なにか、ご存知ありませんか?」

三年生の教室に行って笠原という名前の生徒(あの時、顎に掌底を食らったやつ)に尋ねると、放課後、体育館の裏で話すという。体育館の裏ねえ。ちょっとヤバいんじゃない? と思ったけれど、取り越し苦労でした。笠原君はもう一人、野村というあの時の仲間と連れ立って、神妙な顔をしてやってきた。

「で、なにかご存知ありませんか?」

ミッチはあくまで丁重に話しかける。少し童顔のミッチが丁寧語で話すと、結構不気味なんだよね、これが。笠原君たちは気の毒なほどビビっている。ビビった挙句、聞きもしないことまでベラベラ喋りだした。

「いや、だからさ、オレたち悪気はなかったのよ。え？ いや、宗像に頼まれたわけじゃないよ。宗像がなんか悩んでるみたいなんで、少し力になってやろうかな、なんて思ってさ。ん？ だって宗像、ちょっとイケてるじゃん。ほんでさ、ちょうど公園を通りかかったら、宗像が泣きながら走っていったのよ。こりゃ何かあったな。と思って宗像が出てきたほうに行ったら、吉澤ときみたちがいたからさ、なんかその、弱きを助け、みたいな…」

「宗像とは、ずっとお知り合いなんですか？」

「知り合いっていうより、なんていうの、ファンクラブというか、親衛隊というか…、だって宗像、イケてるじゃん？ 最初は宗像、煙たそうにしてたけど、そのうち時々お茶に付き合って、悩み事みたいなことも話してくれるようになってさ。あ、そうだ、あいつ、隣のクラスのナントカってやつに気があるようなこと言ってたんだよ。しおらしい顔してさ。あれ、ちょっとショックだったな…。それからなんか、吉澤のことブツブツいってたなあ。許せないとか、バカじゃないのとか…」

ミッチはいきなり種明かしした。

「こいつがそのナントカってやつですよ。矢野真一。でも、こいつは宗像にちょっかい出す気はありません。シンイチが好きなのはバーバラ、つまり吉澤です」

やめろってば。こんなところで変な既成事実化はやめろ！

「ほかに何か、宗像が気にしていたようなことは？」

笠原君たちはしばし呆気にとられたような顔をしていたが、ミッチに促されてまた喋り出した。「そういえば、あいつ、ときどき妙なこと言ってたな。呪いがどうの、天罰がこうの…、あと、ドミニクって言ってたような気がするんだけど、よく分かんねえ。半分独り言なんだよ。聞いても、いいのいいの、あんたたちに関係ないからって…」

放課後、ぼくたちはゴローさんを訪ねた。困ったときのゴローさん頼み。またあの四阿で自販機のジュースを飲みながら、バーバラが消えた経緯を詳しく説明した。少し迷ったけど、絶対にここだけの話という前提で、バーバラの名前の秘密も話した。込み入った話を聞くときのゴローさんは、ふだんとは別人みたいだ。ふだんは割と軽いノリで、冗談ばかり言ってるけれど、こういう話を聞くときのゴローさんは一言も口を挟まない。文字通り全身を耳にして集中している。

「ふん、そりゃ、少し面倒な話かもしれないな」

ひととおり話し終えたあと、ゴローさんはポツリと感想をもらした。

「え、ヤバいんですか？」

「いや、俺もわからないけど、なんだかノーマルな話じゃないような気がするのよ。ママさんはバーバラのこと『よそ行きの顔をしてた』って言ったんだろ？ それにその宗像って子の反応も変だったろ？ なんかさ、おまえたちが知らない話が根っこにあるんじゃないの？」

考えてみると、ぼくたちはバーバラのことをほとんど知らない。だって、友だちというか、ふつうに話すようになってから、まだひと月も経ってないし。その前はどこにいたのか。どんな高校から転校してきたのか。そもそも転校の理由はなんだったのか。何も知らないことに気が付いた。

「とにかくまず、その宗像って子にもう一度あたってみるんだな。俺のカンだけど、彼女、決して悪い子じゃないと思うよ。だって、逆上してコノヤローかなんか言って、いきなり蹴り入れてきたんだろ？　バーバラに」

「空振りしてひっくり返って、パンツ丸見えになっちゃったけどね」

「そういうのに、あまり悪い子はいないよ。純情でやや直情径行、なにか悩んでるんじゃないかな」

そこで笠原たちが言ってた話を思い出した。

「あの、ゴローさん。ドミニクってなんでしょうね」

「ああ、宗像君がつぶやいてたって、あれか。さあ何だろう。ドミニクって名前は欧米人に結構あるよ。女優のドミニク・サンダとかね。昔、カソリックの坊主で聖ドミニコって人がいたんだけど、たぶんそれが由来だと思う。ドミニコ修道会ってのもあるね。あとは…、ああミチアキ、これはお前のジャンルだよ。一九六〇年代にヒットした歌で『ドミニク』ってのがある。まさにドミニコ会のシスターだった美人の尼さんが、ギター一本で歌って世界的な大ヒットになった曲だよ。日本語ではこんな歌詞…ドミニク・ニクニク／そまつななりで／旅から旅へ／どこに行っても／語るのはただ／神の教えよ…」

「あ、オレ聞いたことあるよ、それ」

「うん。彼女はスール・スーリール、微笑みのシスターって芸名で活躍するんだけど、その後、カソリック教会に対して批判的になり、税金問題で当局とも揉め、最後は親友のシスターと一緒に自殺してしまうんだ。大悲劇だよ。まあ、その話はまたいつかするとして…、だからドミニクの話ね、今度は宗像君の耳元でこう囁いてみたら？『ドミニク』、それから『天罰』とか…」

宗像はやっぱり悪い子じゃなかった

効果はテキメンだった。翌日の昼休み、「ドミニク」だけで、宗像は完全に固まり、次に口をパクパクさせ、「オレたち大体知ってるけど、もう少し詳しい話聞かせてくれよ」と鎌をかけると、放課後に会って話すという。さすがに体育館の裏はまずいので、ポプリで待ち合わせた。

「最初に聞くけどさ、どうしてドミニクのこと知ってるの？　やっぱり七海に聞いたの？」

今日の宗像はずいぶんしおらしい様子だ。ぼくの方はあまり見ようとしない。ミッチのほうが気楽に話せるのだろう。質問はミッチに一任した。

「いや、バーバラからは何も聞いてないよ。あ、ごめんな、オレたちバーバラって呼ぶことにしてんだ」

「それは吉村君たちの自由よ。…この間はごめんね。なんか、カッとしてみっともないとこ見せちゃって」

「気にすることないさ。それより宗像さ、前からバーバラのこと知ってたの？」

「え、え？　七海から聞いてなかったの。そうか、あの子、余計なこと言わないもんね。前の高校で一緒のクラスだったの。半年ぐらい」

「ああ、そうか。宗像も転校組だもんな。一年の秋からだっけ？」

「ムナカタ、ムナカタって言いにくそうだから、良子でいいよ。お良でもいいし」

「じゃ、良子が去年の秋、バーバラは今年の五月、同じ高校から転校してきたわけね」

「そういうこと。短い間だったけど、結構いろんな話したのよ。あたしは親の仕事の関係で転校したんだけど、半年経ったら七海も転校してきたじゃない。うれしかったな。まさか、あたしを追いかけてきたなんて思わないけどね」

「バーバラはなんで転校したのかな？」

「それは知らない。ていうか、なんとなく想像つくから、あえて聞かないんだ。あの子、闘うときは絶対後に引かないからね。中学のときから何度か転校してるみたいだったし」

「この間、なんであんなに怒ってたの？」

「え、それ聞く？　ほんと？　まじで？」

宗像はもじもじしながら赤くなっている。ミッチはぼくのほうをチラと見て「言いにくけりゃ、無理に聞かないけど」などと言いながら、紅茶をかき混ぜている。性格悪いね。

「なんていうか、その、あれよ。もともと七海に言ったのはあたしなのよ。吉村君たちのこと。キザなセンコーへこましたり、学校の屋根裏探検したり、妙な暗号考えたり、二人でこっそりエロ小説投稿したり、バカなことばかりやってるけど、面白い男の子たちがいるって…」

「おまえ、なんでそんなこと知ってるんだよ」

「みんな知ってるわよ。あなたたち、結構有名人よ。七海は転校してきたばかりで何も知らなかったから、あたしが教えてあげたの。あたしが教えてあげたのに、七海ってば、ちゃっかりあなたたちと仲良くしてるんだもの…」

ミッチはまたぼくの顔を見て、フランス人みたいに肩をすくめた。

「それでヤキモチ焼いたわけ?」

宗像は耳まで真っ赤になっている。

「ヤキモチとか、そういうんじゃなくて、だって、七海ずるいと思わない? 自分だけ…。ああ、ヤキモチっていえば、七海に対するヤキモチなのかもね。その前にもいろいろあって、なんだかあたし、少しおかしくなってて…」

「いろいろって何?」

「だから、ドミニクのことよ。ドミニク事件。あたし、七海にドミニクのこと相談したんだ。でも七海ったら、冷たいんだもの」

「ええと、そのドミニク事件のこと、詳しく教えてくれる?」

「え、さっき大体知ってるって言ったじゃない。ま、いいや。あのね、うちのクラスにドミニクって呼ばれてた子がいるの」

「それ、あだ名?」

「もちろんよ。本名は留美、大沢留美。でもね、今年の初めごろから、クラス委員の柏木たちのグループが彼女のことをドミニクって呼び始めたの。で、大沢もニックネームをつけてもらって、うれしそうにしてるのよ」

「それのどこが事件なの？」

「あのね、大沢は色が黒くて、小太りで、不細工な子なの」

「まだ分かんねえな。どういうこと？」

宗像は大きなため息をつき、それから一息に吐き出すように言った。

「あのね、ドミニクのドはドケチのド、ミニクは醜いのこと！ ド・ミニクなの」

ミッチもぼくも一瞬、ことばを失った。

「…そりゃ、ひでえな。モロじゃん」

「ひどいでしょ。でも、もっとひどいのは、大沢がちっとも気付いてないことなの。可愛いニックネームだと思って、うれしそうに返事してるの。柏木たちだけが、ドミニクの意味を知ってて、大沢を笑い者にしてたのよ」

「そりゃ、なんとかせんといかんなあ」

「で、あたしもそう思って七海に相談したのよ。そういうとき、あの子、頼りになるからね。それがふた月前」

「バーバラは何て？」

「許せない。自分が柏木たちに注意してやるって。でもあたし、七海に丸投げってのも気が咎めて、だいじょうぶ、あたしのクラスのことだから、自分でなんとかする、そう言ったの。そしたら、七海こう言うのよ。ひとつ、気掛かりなことがあるんだけど、大沢、ほんとは気づいてるんじゃないのかなって」

「で、どうしたの？」

「大沢にさりげなく話を聞いてみた。そしたら、図星よ。大沢、気づいてた。いきなり泣き出してね、でも、柏木たちには言わないでくれって言うの。言葉をかけてもらえるだけ、ましだから。それにドミニクじゃなくなったら、もっとひどいことをされるかもしれない…」

「なんだよ、女の世界って、マジ怖えな」

「それでもう一度、七海に相談したのよ。そしたらあの子、妙に冷たいの。大沢にそこまで覚悟があるなら、自分も軽はずみなことは言えない。悪いけど、良子、あなたが自分で決めなさいって。そりゃそうかもしれないけど、なんだか上から目線みたいでさ…。それで、そうこうしているうちに時間ばかり経って、まあ、あたしも柏木たちに睨まれたくないって打算があったのかもしれないけど…。とにかく、そんなこんなで、ぐずぐずしているうちに、事件が起こったのよ」

「え、事件？　それいつのこと？」

「だいたいひと月前。あなたたちが七海とつるみ始めて間もないころよ。柏木がね、駅で階段から落ちて、腕の骨を折ったの」

「ああ、そういえば、その話聞いたような…、でもそれって、事件というより事故だろ？」

「それだけで終わればね。ところが、そのあと大沢、具合がおかしくなっちゃったのよ」

「おかしいってどんな風に？」

「なんか、こう、心ここにあらずっていうの？　ぼおっとしてるかと思うと、急に泣いたり笑ったり。で、みんな自分のせいだ、自分が悪いんだって言うのよ。学校も休みがちになっちゃって…」

「それ、柏木の事故のことを言ってるのかな？」

「たぶんそうだと思うのよね。だから大沢に言ったの。あんたのせいじゃないよ。あれは自業自得、前方不注意、ただの事故。あんたが気に病むことはないって。でも大沢、そうじゃない、そうじゃない、自分のせいだって言うばかりで…」

いやな想像が脳裏に浮かんだ。

「それ、まさか大沢が階段から突き落としたとか…」

「あり得ない、あり得ない。だいたい彼女、その時間は部活やってたもん」

「じゃ、丑の刻参りで呪いをかけたとか…」

「ちょっと！ ふざけてる？ 冗談だよね。まあ、あたしが大沢の立場だったら、五寸釘ぐらいガンガン打っちゃうけどね。…それで、また七海に相談しようかと思ったんだけど、前にちょっと冷たくされたでしょ。だもんで、なんかあたしも意地になっちゃって、ひとりで気をもんでいるうちに、大沢、消えちゃったのよ」

「ええっ、消えた？ どういうこと？」

「ああ、ごめんごめん。失踪とかいうんじゃなくて、突然、転校しちゃったの。結局、あたしは何の力にもなれなくて、大沢、ひとりで悩みを抱えて消えてしまったのよ。あたしはもう大ショックでさ、悲しいやら、腹立たしいやら、その気持ちを誰にぶつければいいかも分からなくて…。それで、七海に八つ当たりしちゃったんだ」

「この間、西公園でそんな話をしていたのか」

「あのときはね、あたしも久しぶりに七海にあって、それまで溜めていたものが一挙に噴き出してきちゃって…。あんたが冷たくしたからいけないのよ！ あんたが親身に相談に乗ってくれないから悪いのよ！ 自分だけいい子になって、人の気も知らないで何よ！ みたいな…、ああ、格好悪い。あたし、駄々をこねてたんだね。ごめんなさい」

「そのとき大沢の転校のことも話したの？」

「それは翌日、いや、金曜だから翌々日ね。西公園では興奮して感情的になっちゃったから、詳しい経緯は説明しなかったのよ。次の日、一日頭を冷やして、金曜の放課後に屋上で七海に謝ったの。そのとき初めて、大沢の様子や転校のことも話したわ」

「バーバラの反応は?」

「驚いてた。ほんとうに驚いてるみたいだった。それからこう言ったの。『ごめん、良子。これはあたしの責任だ』七海があんまり真剣な顔してるんで、あたしも不安になって、それどういうこと、なんかヤバい話? いろいろ聞いたんだけど、七海はだいじょうぶ、だいじょうぶ、良子は心配しなくていいよ。それより柏木たちに少しガツンと言ってやったほうがいいかもね、なんて笑いながら言ってた…」

なんとなく話が見えてきたなあ。あれこれ記憶をたどりながら、バーバラの気持ちを推し測っていると、ミッチが話を振ってきた。

「ありがとう、良子。シンイチからは何かある?」

「ひとつだけ、いいかな。『バーバラと呼んで』、そう言われたとき、どうしてあんなに怒ったの?」

「さっきも言ったけどさ、あのときはあたし、気持ちがグシャグシャだったから、過剰に反応しちゃったのよ。でも、しいて理由を挙げるとすれば、きっとあたしの深層意識の中で『バーバラ』はライバルなんだと思う」

「ライバルって、どういうこと？」

「前の学校でね、あたし、七海にニックネームを付けたのよ。一生懸命考えて、すごく可愛いやつ。でも七海、『バーバラ』に固執して、あたしの案は全然受け入れてくれなかった。ちょっと寂しかったな」

「そういうことか…。でもさ、バーバラが『バーバラ』にこだわる理由って、なにかあるんじゃないの。いつか、直接聞いてみればいいよ。な、ミッチ」

バーバラの帰還、呪いのサイトのこと

「良子って、やっぱり悪い子じゃなかったな」

「うん、オレもそう思った。でもきみには似合わないな。やっぱりバーバラがお似合いだよ」

また、それですか。はいはい。どうしても洗脳したいわけね。

それにしてもバーバラはどこにいるのだろう。今日はもう水曜日。バーバラが雲隠れしてから五日目だ。たぶん、大沢を捜しに行ったのだと思うけど、捜し出して一体どうする積もりなのだろう? 明日はもう一度ゴローさんのところに行って、宗像の話を報告がてら相談してみよう。

で、翌日。ああでもない、こうでもないと思案しながら教室に入って、本人不在のバーバラの席をながめながら…、え? いるじゃないの。バーバラ、座ってるじゃないかよ。

「バーバラー‼」

突然背後で大声が聞こえ、入り口からミッチが駆け込んできた。

「おまえ、どうしたんだよ。どこに行ってたんだよ。心配したぞ。ママにも会ったぞ。ゴローさんにも相談したぞ。良子にも会ったぞ。いったい何してたんだよ」

ぼくが言いたかったことを全部言ってくれた。

「あ、あと、ゴメン。ゴローさんにおまえの名前のいきさつも喋っちまった。あれ、内緒だったろ?」

「ゴローさんならいいよ。あの人はこっち側だもん」

「そうなの?」

「だって絶滅危惧種でしょ?」


というわけで、この日は温知クラブだか大バカ研だかの臨時会合になった。ええと、たぶん五回目。

「一応、宗像に話は聞いたよ。ドミニクのこと」きょうはぼくが聞き役。

「うん、ひどい話。そんなに悪気はなかったのかもしれないけど、悪気がないってのが一番悪いのよね」

「バーバラ、少し日焼けしてない？　風邪で休んだにしては健康色じゃん」

「だって長野に行ってたんだもん。紫外線が強くて」

「長野？　で、大沢、そこにいたの？」

「うん。大沢のご両親って、もともと長野の人なんだって」

「でも、よく分かったね、大沢の行き先。そういうのって、個人情報がどうのこうのって言ってさ、いまどき調べるのは難しいんじゃないの？」

「聞き込みよ、聞き込み。でも、ほんとバッカみたい。調べるのに二日もかかっちゃった。メンドいからはしょるけど」

「すげえな。で、大沢元気だった？」

「元気とは言えないわね。でも落ち着いてるほうかな。初めは何も話してくれなかったけど…。このまま放置してるともっとひどいことが起きるかもしれない、あんたに絶対迷惑はかけないから、そう言ったら少しずつ話し始めて…」

「いったい何があったんだよ」

「これを見てもらったほうが早いわね」そう言ってバーバラはスマホを取り出した。

「このサイトを見て」

落ち着いたデザインの、ファッション・ブランドみたいなサイト。海辺のリゾート地のような写真が載っている。タイトルは「Feel Free」。サブタイトルも付いている。「あなたも悩みを捨てて 身軽になりましょう」。なんだろう、人生相談かな。

中をのぞいてみると、たしかに悩み事相談のサイトみたいだ。悩み事を書き込む欄があり、臨床心理士や弁護士（と称する人）が無料でアドバイスをしてくれる。

「大沢もこれを利用してたの？」

「もっと続きを見て」

どれどれ。ああ、これか。アドバイスの後に、こんなメッセージが出てくる。「アドバイスはあなたのお役に立てましたか？ 問題が解決しない場合は、次のコーナーへお進みください」 次のページに行くと「悩みの原因が、特定の人物にあると思う場合はイエスを、そうでない場合はノーを選んでください」イエスを選んだら、サイトの色調ががらっと変わった。基本的に白黒のモノトーン。「ここから先は会員用の特別メニューです。ＩＤとパスワードを入力してください。会員ＩＤをお持ちでない方は、先に会員登録をお済ませください」

「なんだか、ちょっと怖いな」バーバラを見ると、うなずいてＩＤとパスワードを教えてくれた。

会員サイトに入ると、また色が少し明るくなる。最初のページはウエルカム・メッセージだ。「ようこそ。私たちのサイトを選んで下さって、ありがとうございます。誰にでも悩みはあるもの。いっしょに考え、いっしょに心の負担を軽くしていきましょう」なんだ、ふつうじゃないか。

「初めに申し上げておきます。他人の不幸を願うのは、原則として良くないことです。でも、何事にも時と場合、それから程度問題ということがあります。あなたの悩みの原因が、だれか特定の人物の理不尽な行為にあるとしたら、そしてその理不尽な行為が際限なく続いているとしたら、そのような場合には、その人物に何らかのペナルティーを科すことも社会通念として許されるのではないでしょうか？　平たく言えば、お灸をすえてもいいのではないでしょうか？　その結果、その人物が多少不幸になったとしても、それはあなたの不幸をほんの少し肩代わりしたに過ぎない、そう考えられないでしょうか？　そこで、あなたにご提案があります」

いよいよ来たか。不幸のサイト？　それとも丑の刻参りかな。

「端的に申し上げます。私たちには『ナワル』の仲間がいます。ナワルというのは、中米の先住民に起源を持つ呪術師、または呪術師の訓練を受けた人間のことです。彼らが、あなたの代わりに問題の人物にお灸をすえてくれます。おそらく心優しいあなたは、他人の不幸を願う気にはなれないでしょう。そこで、ナワルがあなたに代わって呪術を施してくれるのです。もちろん呪術的儀式ですから、どこまで現実的な効力があるか保証はできませんが、一度試してみる価値は十分にあると思います。一般に欧米社会では、ナワルの呪力は極めて強力だと言われ、多くの科学的実例も報告されています」

その下に「試してみる」「試さない」というボタンがある。「試してみる」を押そうとしたら、バーバラに止められた。

「ストップ。そこまででいいよ。そこから先は、課金されるから。だいたい分かったでしょ。要するに呪いのサイト、不幸のサイトなのよ」

「なんか、気持ち悪いな。持って回った言い方しやがって。オレ、こういうの嫌いだ」とミッチ。

「でもバーバラ、いま課金されるって言ったよね。ただの不幸のおまじないで課金なんてできるのかな?」

「そこなのよ。そこそこ。あのね、ナワルの呪力は強力だ、科学的にもそう言われてるみたいなこと書いてるでしょ。もちろんインチキだけどね。でも、そうやって誇大広告打って、一度ぐらい試しても損はないかなと思わせるわけね。で、課金サイトに行くと、祈祷料というのか呪術料というのか、それが書いてあるんだけど、一体いくらぐらいだと思う?」

「ええ?　三百円ぐらいかな」

「一万円よ」

「一万円！　そんなの、ありかよ」

「一万円。でもこれは、きちんと呪術を行って、たしかな効果が得られた場合の値段なの。彼らの主張によると、呪術の実費プラス最低限の人件費だそうよ。呪術だけだと五百円」

「え、どういうこと？　オレ、分かんねえ」

「呪術を行ったけど効果がなかった場合は、九千五百円引きの五百円だけで結構です、そう言ってるわけね。五百円だと原価割れになるけど、迷惑をおかけした分の特別サービスだそうよ」

「んん、まだ分かんねえな。その、効果があるとかないとかいうのは、どういうこと？」

「ほんとに不幸や災難が訪れたかどうかよ」

「だって、それどうやって確かめるんだよ」

「あのね、不幸になってほしい人の情報を書き込む欄があるの。住所氏名、年齢、学生なら学校とクラス、その他いろいろ。呪術に必要だっていうんだけどね…」

しばし沈黙。やがてミッチが低い声で呟いた。

「それって、ひょっとすると…、もしかして…。オレ、いま何考えてるか分かる?」

「たぶん、ビンゴよ。あたしもそう思う。ただの呪いじゃなくて、誰かが直接手を下している可能性があると思うの」

「ふえー、だけど証拠がないよね」

「証拠はないけど、限りなくクロに近いと思う。あのね、大沢から聞いたんだけど、うちの学校で少なくとも三人、このサイトを利用してるんだって。それで、呪いをかけられた人間は三人とも、なんらかの形で災難にあっているのよ」

「災難ってどんな?」

「それが微妙なんだけど、階段から落ちたり、人ごみで混雑に巻き込まれて転倒したり、バケツに蹴っつまずいたり、みんな事故といえば事故みたいなことなの」

「落下に、転倒に、衝突か。たしかに微妙だな」

「でもね、あたしはそれが逆に疑わしいと思うのよ。軽い事故に見せかけて、万一失敗しても、ごめんなさい不注意でした、それで済まそうとしてるんじゃないかな。このサイトの作り方とそっくり。巧妙よ。必ず逃げ道を用意している」

「あれ、そういえばドミニクの件だけど、柏木はなんで骨折したんだっけ？」

「駅の階段で、誰か急いでいる人間にぶつかられて滑り落ちたのよ」

「その急いでたやつは？」

「なにしろ混雑してたからね。人ごみに消えてそれっきり」

「ふん、あやしいな。で、大沢は一万円、払ったの？」

「その二日後にメールが来て、振込先を連絡してきたそうよ。先日の呪術の効能が検証されましたので、二週間以内に規定料金の残額を下記口座にお振り込みください、そんな内容のメール。大沢は柏木がケガしたってだけで、もうかなりビビってたから、言いなりよ。きっと二万でも三万でも払ったと思う。ほんと、巧妙よね。金額の設定も。軽い事故ばかりだってことも。それに、さっきのサイトの中にあったでしょ、あくまで呪術的儀式だから現実的な効力は保証できない、みたいな言い回し。あれ、万一のときに備えたアリバイ工作よね。ああ、なんだかムカムカする」

ぼくも、だんだんムカムカしてきた。ぼくたちの学校の中に、少なくとも三人、こんな連中に食い物にされた人間がいると思うだけで気分が悪くなってくる。しかし、どうすればいいのだろう。限りなくクロに近いとはいえ、違法性や犯罪性を立証するのは難しいのではないか。神社の祈祷料だって五千円や一万円ぐらい取るわけだし、呪術料が高いというだけでは詐欺罪にもあたらない。

「で、これからどうする？　バーバラ」

「とにかく見逃せないわよね。でも難しいなあ。なにか名案ある？」

　これといった名案も浮かばず、この日は、あとバーバラ・ママのことを少し話して散会した。

こいつには恐怖心というものがないのか？

翌日の午後、第六回会合の前に、ミッチと二人でゴローさんのところへ立ち寄った。宗像の話をすると、ゴローさんは「ド・ミニク事件か、今の子は怖いな。容赦ない」などと言いながら、それでも笑って聞いていたが、きのうのバーバラの話をすると表情が一変した。

「あのさ」

ここで一呼吸。

「おまえ、バカか、ミチアキ！」

ミッチとぼくは文字通り飛び上がった。

「え、え、何？　オレ、バカだけど、何？」

「ったく、俺はお前のジイサマに合わせる顔がないよ。ふだんから言ってるだろ、人をよく見ろって」

「だから、何なのさ」

「あのな、お前たち、ほんとうにバーバラが何もしないでただ考えてると思ってるのか？　長野まですぐすっ飛んで行ったバーバラが？　そんな真っ黒けのサイトを発見したバーバラが、困ったなあ、何か名案ある、なんて本気で言ってると思ってるのか？」

「……」

「あの子はな、もう行動を起こしてるよ」

「そうかな。じゃ、なんでぼくたちに言わないんだろう」

「シンイチも今回はずいぶん鈍いな。そりゃ、お前たちを巻き込みたくないからだろう。自分の責任だから、お前たちに迷惑をかけたくないんじゃないのか？」

「行動を起こすって、何をやるつもりなんだろう…」

「証拠がないんだろう？　だったら現場を押さえるつもりなんじゃないか？　現行犯なら目撃証言だけで充分だ」

「どうやって現場を押さえるのさ。え、まさか？」

「その、まさかだよ。おとり捜査。バーバラは自分に呪いをかけるように依頼したんだと俺は思う。だって、そのサイトのＩＤとパスワードを持ってたんだろう？　課金サイトの内容も知ってたんだろう？　自分を襲わせて、現場を押さえるつもりだよ、あの子は」


大変だ‼　ぼくたちはすぐバーバラにメールを打った。

「いま、どこにいる？」

「もうポプリに来てるよ」

「そこ、動かないで。すぐ行く」

五分後、バーバラの顔を見て、ぼくたちは胸を撫で下ろした。

「バーバラ、危ないからやめろ。そこまでやる必要はねえよ」とミッチ。

「匿名でそのサイトに警告するとか、別の方法はないのかな？」これはぼく。

「なあに、二人とも、気色ばんで。あ、そうか、ゴローさんとこ寄ってくるって言ってたよね。まいったなあ、ゴローさん、何でもお見通しだもんね」

「だいたい、そんな危険なことやるんなら、なんでオレたちに相談しないんだよ。水臭いじゃねえか」

「ごめんね。でも、これはあたしの責任、あたしの問題なの。そもそも良子に相談されたとき、ふだんのあたしなら柏木たちにガツンと言って、それで終わってたはずなのよ。でもドミニク、じゃなかった、大沢が全部知ったうえでその呼び名を受け入れているると分かったときに、なんていうか、昔の自分とどこか二重写しになって…、躊躇しちゃったの。様子見なんて、柄にもないことをやってるうちに、どんどん問題が悪化しちゃった。だからね、基本的にあたしのチョンボなの」

「あのさ」ミッチと同時に言っていた。二人ともゴローさんの口調に似てきたな。

「あのさ、それはチゲエよ」とミッチ。

「あのさ、バーバラが柏木たちを止めても止めなくても、この闇のサイトは活動を続けてるわけじゃん？　だったら、バーバラ一人の責任じゃないよ」これはぼく。

「でしょ？　でしょでしょ？　だから、彼らの活動を断固阻止する必要があるのよ。さすがシンちゃん。分かってくれると思った」

　あれ、なんか問題がスライドしたような気がするけど…。

「それにね、これまであたしが調べた限りでは、その『天罰』というか『お灸』の中身は、軽いアクシデントみたいなものだけど、このまま放置すると、いずれ重大事故、悪くすると人命に関わるような事態が必ず起きると思うのよ。だから一日も早く、現場を押さえて、犯人を挙げなくちゃ」

いかん、バーバラに丸め込まれそうになってる。なにか言わなきゃ。

「それは正論だし、バーバラの気持ちも分かるけどさ…。でもそれって、バーバラがやるより、ぼくたちがやったほうがいいんじゃないの？　とりわけ、忍者の訓練を受けたミッチなんて、最適任だと思うけど」

「おう、ガッテン承知の助だぜ」

「シンちゃん、ミッチもありがとう。ヤバいときは助けてもらうわ」

「いや、そういうことじゃなくって…」

「だって、もう呪術の依頼をしちゃったんだもん。依頼主は架空のアカウント。ターゲットはあたし。へへ…」

ゴローさんの言ったとおりだ。なにが、へへだ、こいつには恐怖心というものがないのだろうか。正義感で、正常な恐怖神経が麻痺するのかもしれない。

「バーバラの正義感は分かるけどさ、何も自分を襲わせる必要はないだろ。危なすぎるよ」

「正義感じゃないよ。あたしタダシイのって大嫌い。せめて義侠心って言ってよ」

「じゃ義侠心。それは分かるけど、ん？　問題はそこじゃないだろ。とにかく危ないってば」

「じゃ、どうすればいいの？　規約があって、今さら呪術の依頼は取り消せないのよ」

「だったら、ぼくたちが護衛をやる。二十四時間監視体制だ。な、ミッチ」

「まあ、家の中じゃ襲われないだろうから、朝八時から夕方までだな」

「いやだ、まるでストーカーじゃない、それ」

「ストーカーじゃないよ。立派なボディーガードだ。騎士道精神だ。な、ミッチ」

「うん、それにオレたち、紗希子さん、おまえのママと約束したんだ。バーバラを死んでも守るって」

「…ま、厳密に言うと、『あの子の力になってあげてね』って言われたんだけどね」

こいつには恐怖心というものがないのか？


バーバラは急におとなしくなった。ふうん、とか、そうなんだ、とか呟いている。

「ママに言われたんじゃ、しょうがないな…。じゃ、ボディーガードの件はありがたく受け入れるわね。でも、護衛がいたんじゃ、襲ってこないんじゃないかな？」

「まかしておきなって」とミッチ。「あのさ、忍びってのは、手裏剣を投げたりとんぼ返りを打ったりするのが本業じゃないんだぜ。自分を目立たなくすること、気配を消すこと、それが忍びの第一条。まあ、見てなって」

いざという場合には、体を張って

ミッチは少し大風呂敷を広げたけど、バーバラを納得させるには、ああ言うしかなかったんだ。ミッチは麻の木を跳んでいただけで、別に忍者の訓練を受けてたわけじゃない。でもミッチの護衛術は本当にたいしたものだ。武道をやってたやつは、体の運び方が全然違う。さりげなくスッと移動する。気配を消すのもうまい。ぼくは、そのミッチの動きとシンクロするように心がけながら、あたりの様子にそれとなく気を配ることにした。危険なのは、登下校の道筋と人ごみ。それから校舎の中も気を抜けない。考えたくないけれど、闇サイトの主が学校の中にいないとは言い切れないからだ。

三日経過した。まだこれといった動きはないが、一度、放課後の学食で経過報告と作戦会議を行うことにした。ポプリだと後をつけられるおそれがある。

「なにか、気付いたことはある?」とバーバラ。

「二、三度、怪しい動きを見たような気がするんだけど、気のせいかもしれない。ミッチはどう？」

「そうだな、怪しい動きは三十回以上あったな。なんかギクシャクした不自然な動き。でもあれ、バーバラが可愛いせいかもしれない。ストーカー予備軍的な動きっちゅうか…」

「いやね、ミッチ、冗談はやめてよ」

「いや、冗談じゃないんだよ。武術をやってるとさ、個々の動きだけじゃなくて、そういう全体の流れみたいなことに敏感になるんだ。なんか引っかかるとかさ、違和感があるとかさ。それを無視すると、たいがい失敗する。ストーカー予備軍にまぎれて本ボシが隠れてるってこともあるしな」

「ふうん、そういうものか…。でもミッチ、すごいね。あたし、自分が護衛されてるの全然分からないもの」

「ほんと、ミッチの護衛スキルはプロ並みだよ。ぼくはミッチの後ろに隠れて、周りに気を付けてるだけだけど…。バーバラはなにか気付いたことある？」

「気のせいかもしれないけど、何度か空きカンが転がってた。三度ぐらいかな。それも、家を出てすぐとか、曲がり角を曲がったところとか、うっかり踏んづけそうなとこ。出会いがしらっていうの？」

「もろ、ヤバいな、それ。未必の故意ってやつだな。バーバラが踏んづけてくれれば大成功。他人が踏んづけてケガしても、ただの事故。でも、よく気づいたね」

「あたしだって、用心してるからね。気づかないふりして蹴飛ばしてやった」

「上出来、上出来。ところでさバーバラ、うちの学校でその闇サイトを利用したのが三人、大沢も入れると四人いるって言ったじゃない？　天罰が下るまでの平均日数って、どのぐらいか分かる？」

「正確には聞かなかったけど、一週間内外ってとこじゃないかしら。あまり日数が経つと、呪術の心理的な呪縛力が薄まってしまう、そういうことだと思う」

「とすると、ここ二、三日が要注意だな。あすは金曜日だろ？　週内に仕事のカタを付けようとするか。それとも週末の人ごみを狙うか…。オレたちも気合を入れるけど、バーバラもよくよく注意してくれよな」

バーバラは四本指をそろえて敬礼しながら、こう言った。

「了解です。警護隊長殿。ふふ、なんか楽しいね。こういうの」

楽しいわけないだろ！　ああ胃が痛え。それともバーバラ、笑って空元気を出そうとしているのかな？　まあ、そういうことにしておこう。


バーバラの帰宅を見届けてから、ミッチと二人だけでポプリに行った。

席に着くとミッチがすぐ話し始めた。

「バーバラが怖がるといけないから、さっきは言わなかったけどさ、この二日間、ちょっと怪しいヤツがいるんだ」

「怪しいって、どんなふうに？」

「ほかのやつと動きのリズムが違う。それに、わざとらしいカムフラージュの動きもしている。あと、決定的なのは、キャップをかぶったり、メガネをかけたり、下手な変装をしてるんだよ。きのうと今日と、外見は変えているけど、動きのリズムは全く同じ。オレの目はごまかせないよ」

ぼくは、この手のことではミッチの眼力に絶対的な信頼を置いている。ミッチが怪しいということは、一〇〇%怪しいのだ。

「決まりだな」

「オレもほぼ決まりだと思う。目の端っこでチラ見してるだけだから、詳しいことは言えないけど、二十代の若い男のような気がする」

犯人の影が見え始めたことで（ぼくには見えてないけど）、一挙にアドレナリンが噴き出してきた。脳内の警戒レベルがマックスになる。

「オレは明日が一番危ないと思う。どう思う、シンイチ？」

「ぼくもそんな気がする。空きカン作戦が効果ないと分かって、今度は実力行使に出るんじゃないかな」

「とすると、一番危ないのはやっぱり階段だな。見晴らしのいい通りはやりにくいだろうし、あと、狭い路地でぶつかって車に轢かせるとか、川に突き落とすとかいう手もあるけど、それだと事件になって警察が絡んでくるからな」

「バーバラの通学路で階段っていうと…」

「歩道橋が三カ所。木町通りと、市民会館のところ、それから西公園の前だな」

「三カ所か…。とにかくバーバラを守らなくちゃ。犯行現場を押さえても、バーバラにケガさせたら何にもならないよ。紗希子さんに合わせる顔がない」

「それ、絶対条件だな」

「それと、犯人は単独犯なのか、複数犯なのか。それも気になる」

「オレはたぶん単独犯だと思う」

「どうして?」

「あのさ、ネットであんなサイト作って集客してるじゃん。ネットを使うやつが、一番効率的にだれかを傷つけようと思ったら、ふつう、ネットで誹謗中傷をばらまくんじゃね? それが一番簡単だし、心理的ダメージも大きいと思うんだよ」

「あ、それはぼくも思った。ちょっと不思議だなと思ったよ。いくら事故を装っているとはいえ、リスクを冒して肉体的手段に訴えるなんて…、あの陰湿な闇サイトの主には似合わない気がしたんだ」

「だろ? だから単独犯じゃないかと思うんだ」

「だから、どうして？」

「ただのカンだけど、なにか成功体験があるんじゃないかな。なんかのはずみで、事故みたいなことでさ、気に入らないやつを痛い目に遭わせて、その快感が忘れられないんじゃないかな。そういう成功体験って、なかなか他人とは共有できないだろ？」

「なあるほど。ナットク。おまえ、心理学者だねえ」

「へへ、ほんとはきのうの夜、ゴローさんと電話で少し話したんだ。ゴローさんにも言われたよ。犯人確保よりバーバラの安全を優先しろって」

「単独犯かもしれないけど、複数犯の線も捨て切れない。歩道橋が危ないけど、それ以外の場所も気が抜けない。結構シンドイな」

「とにかく、いざという場合には、体を張ってバーバラを守ってくれよ。な、シンイチ」

それからあれこれ細かい打ち合わせをして、ミッチと別れた。

三カ所の歩道橋では、必ずぼくが自転車で先回りし、バーバラが階段を下りるのに合わせて、ゆっくり下から上っていくことにした。万一突き落とされても、下から受け止めるためだ。犯人のことは「闇サイト」にちなみ「Ｙ」と呼ぶことにした。

さあ、あしたはどうなるだろう。バーバラと知り合ってから、まだ半月かそこらだなんて、すごく不思議な気がする。

あたしのために、血を流したわね

金曜日。午前中は何事もなく過ぎた。

放課後。少し遅めに校門を出た。夕方に近いほうが人通りが多く、ぼくらも目立たず、Yも行動を起こす可能性が高いだろうという読みだ。

長い橋を渡って西公園へ。公園の遊歩道を通って歩道橋へ。バーバラはスマホで誰かと話しているふりをしながら、のんびり歩道橋を上っている。本当は相当緊張してるはずだ。大丈夫、ぼくたちがついてるぞ！　ミッチは相変わらず護衛の達人だ。通行人にまぎれ、周りの空気に溶け込んで、完璧に気配を消している。事情を知ってるぼくでさえ、ついミッチを見失ってしまうほどだ。

スマホが鳴った。

「オレ。Yがいる。無帽。黒いパーカー。グラサン。あたりを見回してる。歩道橋に上らず、市民会館のほうへ行った。急げ」

自転車で市民会館に先回りし、入り口にあったパンフレットを取って、歩道橋の下に戻る。パンフレットを読んでいるふりをしながら、通りの向こう側の様子をうかがう。来た！　バーバラが歩道橋の向こうの階段を上り始めた。前後に何人かいて、Yの存在は確認できない。

バーバラが歩道橋の上をゆっくり歩いてくる。おい、ミッチ、大丈夫か。ぼくも歩道橋の階段を上り始める。焦るな。ゆっくり、ゆっくり。踊り場に立って見上げると、ちょうどバーバラの姿が階段の上に現れたところだった。

その後のことは、すべて一瞬の出来事だった。

バーバラが下り階段に一歩踏み出そうとする。

その背後に黒っぽい影が近づく。

バーバラ、危ない！　叫ぼうとするが声が出ない。

次の瞬間、どこから現れたのか、ミッチが影の傍らに立っていた。

黒い影はミッチを無視し、強引にバーバラに体当たりしようとする。

ミッチが黒い影に膝蹴りを入れる。

黒い影は前屈みになりながら、それでも手を伸ばしてバーバラを突き飛ばそうとする。

「跳べ！」

だれかが叫んだ。

バーバラは黒い影の手から際どく身をかわし、そして……

跳んだ!!

こうした動きが、記憶の中ではすべてスローモーションで再生される。このあとは、さらに超スローモーションだ。

バーバラがふわっと浮かび上がった。ぼくに向かって、落ちて…いや、飛んでくる。長い髪が揺れている。両手を広げて笑っている。〈いざという時は、体を張ってバーバラを守ってくれよ、な、シンイチ〉ミッチの声が聞こえる。ぼくも手を広げて身構えた。と同時にものすごい衝撃を受けた。バーバラは小柄でスリムだけれど、階段十段分の衝撃は相当なものだ。ぼくはバーバラを両手で受け止めたまま、仰向けにひっくり返り、踊り場から下の階段まで一挙に滑り落ちた。背中と後頭部をかなり強打したが、止まるまでバーバラを放さなかった。

背中と頭がジンジン痛む。痛いということは生きてるってことだな。それにしても、バーバラはいい匂いがするな、などと考えながら横になっていると、バーバラが跳ね起きてぼくの顔を一生懸命撫でさすり始めた。

「シンちゃん、だいじょうぶ？　痛くない？　骨は折れてない？　あたしのために、ごめんね。でも、ありがとう。しっかり受け止めてくれて、ありがとう。ごめんね、ごめんね…」

ぼろぼろ涙をこぼしている。バーバラの涙を見るのは初めてだな、そう思ったら、なんだかこのまま死んでもいいような気がしてきた。いかんいかん、こりゃ頭を打ったせいだな。まだ死ぬのは早すぎる。

「あ、シンちゃん、血が出てる。頭から」

後頭部に触ってみると、小さなコブができ、それが破れて少し出血していた。

「だいじょうぶ。かすり傷さ。それより、上のほう、どうなってる？」

ちょうどミッチが若い男と一緒に階段を下りてくるところだった。ミッチは男の腕をしっかり掴んでいる。男は腕を振りほどこうとするが、ミッチは放さない。黒いパーカーにサングラス。なるほど、こいつが「Y」か。まだ若い学生風だ。

「なんだよ、お前ら。手、放せっての。いきなり人の腹蹴って。お前ら、暴力高校生か？ ん？ 放せってば」

周りに人垣ができ始めた。バーバラは怒った闘鶏のような目でYを睨みつけている。

「なに言ってんのよ！ あんた、あたしを突き落とそうとしたじゃない」

立ち上がってバーバラが叫んだ。まだ目に涙を浮かべている。

「ん？ お前、ちょっとオカシいんじゃないの。俺はうしろのやつに押されて、少し前によろけただけだよ。そしたら、こいつがいきなり現れて、膝蹴りしやがったんだ。だもんで、俺はがくんと前のめりになってさ、危うくこっちも階段から落ちそうになったんだぜ。みんな見てたろ？ 俺は被害者だよ」

ペラペラよく喋るやつだ。サングラスを外して愛想笑いを浮かべ、周りの人間の同情を買おうとしている。

「違うな」ミッチが鋭く一言、Yの話をさえぎった。

「違うな。お前は二日前からずっと、彼女のあとをつけ回してた。さっきも、後ろの人間に押されてなんかいない。オレはずっと見てたんだ」

Yの愛想笑いが消えた。

「なに寝ぼけたこと言ってんだよ。言いがかりもいい加減にしろよ。だいいち、証拠があるのかよ、証拠が。ん？ ねえだろ？ お前らがそこまで言うんだったら、警察でもどこでも行ってやるけどな、証拠がないんじゃ話にならねえよ。そうだろ？」

バーバラが一歩前に出た。

「あたしが証拠よ。あんたの手が伸びてきたんで、あたしは前に跳んだんだ。あのとき、あんたはあたしのほうをしっかり見てた」

Yはまた薄笑いを浮かべ始めた。

「またまた、後知恵でそんなこと言われても、困るな。お前は後ろにも目が付いてるのかよ。ほんとに困ったもんだよ。満員電車で『この人チカンでーす』なんて騒ぎ立ててさ、善良な市民に濡れ衣を着せるのは、お前みたいなやつだな。きっと」

バーバラの握った手が小刻みに震えている。

「とにかく、証拠を出せよ。あるならな。ないんだったら、俺はもう行くぜ」

Yはミッチの手を振りほどいた。そのとき、人垣の向こうから聞き覚えのある声が聞こえた。

「あるわよ！」

人垣の間から現れたのは、宗像良子だ。手に白い大きなレンズの付いた一眼レフを持っている。

「証拠ならあるわよ。あそこのレストランの屋上から、望遠レンズでずっと動画撮ってたからね。あんたが他人に押されてないのも、この子を狙って真っ直ぐに突っかかっていったのも、はっきり写ってるわよ」

Yの表情がこわばった。それでも虚勢を張ろうとしている。

「そんなもの…、そんなもの証拠になるかよ。あんな遠いところから、きちんと写せるわけがないだろ」

「残念でした。言ってなかったけど、あたし、中学・高校と写真部なの。きちんと三脚も使って、バッチリ撮れてるわよ。あ、それから、ここに来る前に、一一〇番もしておいたから」

Yの反応は素早かった。一一〇番と聞いたとたん、人垣の中に飛び込んで駆け出した。西公園のほうに向かってすごい勢いで走っていく。ミッチも、ぼくも、すぐに後を追った。Yはミッチの五十メートルほど先を走っている。

公園の歩道際のパーキングメーターのエリアに、白いセダンが一台、こちらに頭を向けて停まっていた。Yはそのセダンに乗り込むと急発進した。くそ、車を用意していたか。車がぼくらのほうに向かってくる。このまま目と鼻の先を通過して逃げられてしまうのか。だがミッチは諦めなかった。車道の中央に出ると、両手を広げてセダンの進路に立ちふさがった。みるみるセダンが近づいてくる。ブレーキを踏む気配はない。ミッチも逃げようとしない。究極の我慢比べだ。あと十メートル。あと五メートル……。

「ミッチ！」思わず叫んだその瞬間、ミッチが跳び上がった。横跳び蹴りとでもいうのだろうか、身体を地面と平行にして二メートル近くも跳躍し、その真下を車が通過した。通過すると同時に、セダンはスピンを始め、歩道のガードレールに激突して停止した。ぎりぎりまでアクセルを踏み続けたが、最後の瞬間にビビって急ブレーキを踏んだのだろう。

「すごい…。きょうはバーバラも跳んだけど、ミッチも跳んだわね」

振り向くと良子が放心したような表情で立っていた。良子に続いて制服警官が二人現れ、ボンネットの潰れた車からYを引っ張り出した。どうやら軽傷で済んだようだ。

「へへ…、ちょっとやり過ぎたかな」ミッチが頭をかきながら、ぼくらのほうに戻ってきた。「オレ、ちょっと責任感じちゃってさ。シンイチが受け止めてくれたからよかったけど、バーバラを危ない目に遭わせたし、あいつは逃がしそうになったし…」

「バカね、やり過ぎよ」と良子。「でも話には聞いてたけど、ほんとにすごいのね、ミチアキくん。あ、ちょっと待って。せっかくだから、事故車の前で記念写真撮ってあげる」

バーバラも合流した。「シンちゃん、ほんとに背中だいじょうぶなの？」

「へへ…（これ、ミッチのまね）だいじょうぶ。ちょっと仕掛けがあるんだ」

シャツをめくって、その「仕掛け」を取り出す。「ジャジャーン！」

「なにこれ？　段ボール？」

「そう、三つに折って、背中に入れといたんだ。ゆうべミッチと打ち合わせしてるときに思い出したんだよ」

「思い出した？」

「うん。去年、ホームレスさんと知り合ってさ、体験野宿をしたの。そのとき教えてもらったんだ。最強の防寒兼防御グッズ。これを背中に入れて、こう体を丸めると、ガキどもに襲われても致命傷にならないんだって」

「ふうん、そうなんだ。実はあたしもゆうべ良子と打ち合わせしたんだよ」

「ああ、あのカメラはそういうことか。でも、犯行現場がこの歩道橋だって、よく分かったね」

「分からないわよ」と良子。「ミチアキくんに聞いたの。危ないのは三カ所だって。だからあらかじめ三カ所に三脚をセットして、あたしも自転車で先回りすることにしたの」

「なんだ、知らなかったのはぼくだけか」

「すまねえ。オレのせいだ」ミッチが頭を下げた。「オレ、きみにはバーバラを受け止めることだけに専念してほしかったんだ」

少し複雑な気分だったが、バーバラがぼくにこう言ったので、細かいことはみな忘れてしまった。

「シンちゃん。あたしのために血を流したわね」

ほんと、オトメ心は分からない

それから最寄りの警察署に行って、いろいろ事情聴取を受けることになったけど、この話は超メンドいから全部カット。ただ、未成年が事件に絡むと保護者に連絡がいくのは当然だそうで、今回の場合、バーバラとミッチの保護者に連絡が必要ということになった。ぼくと良子は立会人みたいな位置付けだったのだろう。

「バーバラ！」警察署に現れた紗希子さんは娘に駆け寄り、無言でたっぷり一分間抱擁した。それからバーバラがぼくたちの奮闘ぶりを十倍ぐらい誇張して説明し、紗希子さんは涙ながらにぼくたちも抱擁してくれた。一方、ミッチのほうは親代わりの後見人ということでゴローさんが現れた。ゴローさんと紗希子さんはこの夜が初対面だったけれど、長年の知己のように屈託なく話していた。アート系の人種特有のシンクロ作用かもしれない。

週明けの月曜日、良子も入れて四人で反省会を開くことにした。反省会といっても、女子二人はさっきから猛烈な食欲でパンケーキを頬張っている。あ、場所はもちろんポプリ。

「なあに、このパンケーキ、超イケてる。バーバラ、前から知ってたの？ ずるーい」

「だって、あたしもつい最近、シンちゃんたちに教わったんだもん」

「そういえばさ、良子、この間からバーバラって呼んでるよね」とミッチ。

「ああ、そのこと？ バーバラ、話してもいいんでしょ？ 実は先週、二人で打ち合わせをしたときに、全部聞いちゃったの。バーバラって名前のいきさつを。もう、びっくりしちゃった。そんな事情があるなんて全然知らなくてさ。あたし、泣いちゃったよ。バーバラ、ほんと大変だったんだね」

「ごめんね、良子。もっと前に話しとけばよかった。でも、なんていうか、あたしも少し意固地になってたんだと思う。自分だけの胸に秘めておくっていうか、誰にも言っちゃいけない、みたいな…」

「分かる。すごく分かる」

「でも不思議ね。長いこと誰にも言ってなかったのに、この半月ぐらいで、シンちゃんとミッチでしょ、良子でしょ、いちどきに三人に話しちゃったの。なんだか、すごく気持ちが楽になったみたい」

ミッチが芝居掛かったしぐさでコホンと咳払いした。

「さて、それでは真面目に反省会でもやりますか」

バーバラも芝居掛かったしぐさで頭を下げた。

「反省します。反省します。二人に内緒で動いたことも、自分を標的にしたことも、シンちゃんを押し倒して下敷きにしたことも、みんな反省してます。でも、みんな必要だったんだもの」

「なんだ、反省してねえじゃねえかよ」とミッチ。

「そうじゃないの。本当に反省してるのよ。でも、バカだなあって思うことでも、体を張ってやらなきゃいけないことってあるじゃない？　車の前で通せんぼしたミッチなら分かるよね」

「それを言われると一言もねえ。まあ、大バカ研だからしょうがないよな」

「なあに、そのナントカケンって」と良子。

「それを話すと長くなるから、また今度な。要するにいいバカと悪いバカと二種類あるってことだよ。な、シンイチ?」

「いきなり人に振るなよ。まあ、そういうことかな…。それにしてもあの闇サイト、もし放置してたら、相当ヤバいことになってたんじゃないかな」

ミッチがまた咳払いした。

「ええ、その後の取り調べによると、あ、ここから先は極秘情報だぜ。この場限り」

「ていうか、どうしてお前が知ってるわけ?」

「分かるだろ。ゴローさんだよ。気づかなかった? 金曜日の晩、警察署にゴローさんが現れたら、オマワリの態度が少し変わったろ。なんだか知らないけど、警察のあちこちに知り合いがいるんだと」

「ふうん、いまさら驚かないけど…、ま、いいや。で、結局、あのYってやつはなんだったのよ」

「結構いいとこのボンボンらしいよ。いい車乗ってたもんな。まあごくフツウの大学生さ。ただ、えらく根性無しで、取調室でちょっと締め上げられたらベラベラ喋り出した。聞かれないことまで全部喋っちまったそうだよ。お察しのとおり、未必の故意や事故を装った手口ばかりで、これまでに数十件…」

「数十件？ そんなに？」

「まあ、半分ぐらいは自転車の通り道に缶コーヒーを転がしておいたり、段ボールを置いたり、姑息なことやってたみたいだけどな。実力行使をするときは、やっぱり間違ったふりして階段でぶつかるのが多かったらしい。あと、子供を利用するってのもあったそうだよ」

「子供？ なに、それ？」

「子供をおどかしてワッと駆け出させたり、逆に年寄りを助けるふりして急に立ち止まったり、とにかく人ごみの中で混乱を引き起こすんだと」

「ひでえな…」

「まあ、これまでのところ、ほとんど骨折か捻挫、打撲傷ぐらい、一番重くても全治二カ月とか言ってたよ」

「でも、だんだん味をしめて、必ずエスカレートしていくよ。だいいち、あいつ、ミッチを轢き殺そうとしたんだぜ。あれがミッチでなけりゃ、どうなってたか…。おまえ、麻の上を跳んでたの、無駄じゃなかったな。爺さまに感謝だ」

「まあ正直言って、車をよける自信はあったけど…、結果的には良かったよな。なにしろ警官の前で危険運転だろ。下手したら殺人未遂だよ。あれで、あいつもすっかり観念したんだと思う」

ふと気づくと、パンケーキを食べ終わったバーバラと良子が、さっきから小声でひそひそ話しこんでている。ときどき「え、違うの？」とか「やだ、どうしよう」とか言ってる。

「もしもし、お二人さん。何事ですか。秘密主義はよくないですよ」と言うと、二人そろって「あははは…」と声を立てて笑った。変な笑い方はやめろ。ごまかすなら、ちゃんとごまかせよ。

「なんでもない、なんでもない。そのうち話すから」とバーバラ。なんでもないなら、いま話してくれてもいいじゃないか。

「あ、そうだ。それより、ママから伝言があるの。ママがね、あらためて二人にお礼が言いたいっていうのよ。お呼び立てして悪いけど、アトリエのほうにお越しいただけないかしらって」

「アトリエ？」

「ママの仕事場よ。あとで地図渡すわね。善は急げ、あしたの午後なんかどう？」

「ぼくはいいけど。でも、わざわざお礼なんかいいよ。照れくさいし。バーバラだって、目の前でお礼なんかされたら照れくさいだろ？」

「照れくさいわよ。だからあたしは行かない」

「え、ぼくたちだけで行くの？　それもなんだかなあ…」

「いいじゃない。シンちゃんたち、ママにすごく気に入られてるみたいよ」


で、結局、なにを反省したのか分からないけど、その日の反省会はパンケーキをもう二人前平らげてお開きになった。バスで帰る良子を見送ってから、ぼくたちはぶらぶらバーバラの家のほうへ歩き出した。

「さっきの話って、なんだよ」

「あ、覚えてた？　やあね」

「やあねじゃないだろ。あとから話すって言ったじゃないか」

それでもバーバラは「やっぱりね」とか「へんだとは思ったんだ」とか言いながら、一人で笑っている。おい、気をもたせるのはやめろ。

「あのね、あたしの勘違いだったの。ほんと、オトメごころは分からないわ」

「だから、何が？」

「良子のお気に入りはね、ミッチなんだって！」

フェッ、と妙な声が聞こえた。振り向くと、ミッチが固まっている。非常に分かりやすく固まっている。

「ど、ど、どうして、そうなるのさ？」これも非常に分かりやすく吃っている。

「最初からそうみたいよ。いま考えると、思い当たることがいろいろあるわ。ミッチの武勇伝を話したときなんか、あの子、目キラキラさせてたし…」

「オレは無理だって。そういうの似合わないんだって」

「あら、あたしはお似合いだと思うけどな。ねえ、シンちゃん？」

「ミッチ、観念しろ」

「何言ってんだよ。どこがお似合いなんだよ」

「二人とも、ちょっとアブないのよね。いいコンビだと思う」

ミッチは一瞬呆気に取られたような顔をして、それからこう叫んだ。

「言われたくない！　それ、おまえにだけは言われたくない！」

バーバラ・ママからのお願い

紗希子さんのアトリエは、野草園から十分ほど坂道を上ったところにあった。このあたりには結構空き部屋が多い。紗希子さんは離れの空き家を借りて、少し改装してアトリエに使っているそうだ。中に入ると、まさに作業場。奥の方に電気窯があり、あたり一面、焼物が並べてある。完成した作品、作りかけのもの、粘土や彩色用の道具、片方の壁には陶芸関係の資料や書籍がぎっしり並んでいる。

「わざわざこんな所まで来てもらって、ごめんなさいね。二人にお礼の品を選んでほしかったの」

紗希子さんはそう言って、室内の陶器を指差した。「どれでも気に入ったものがあれば、記念に差し上げるわ」

いきなりそう言われてもなあ。焼物のことはまったく分からないし、だいたい、これだけ数があると目移りしちゃうんだよ…。迷っているとミッチが小声で訊いてきた。

「シンイチ、きみ、セトモノのこと詳しい？」

「たぶん、おまえと同じぐらいだよ。ぜーんぜん、分かんね」

格好つけても始まらない。正直に紗希子さんにSOSを出すことにした。

「あの、陶器のことって、ぼくたち全然分からないんです。だからなにかアドバイスをもらえれば…。それに、これって結構高いものなんでしょう？　ほんとに頂いちゃっていいんですか？」

「そうね、売りに出すときはある程度の値は付けるけど…。でも、こういうものの値段ってあってないようなものなのよ。シンちゃんとミッチが大金持ちの好事家なら、何十万円でもいただくけど、バーバラのお友だちでしょ、それもお世話になった友だちでしょ、そういう人には、ぜひぜひただで受け取ってほしいの」

「はあ、でも選ぶ基準が分からなくて…」

「それも、あってないようなものよ。そうね、じゃあ、色だけに絞ってみたらどうかしら。二人が一番気に入った色を選ぶの」

そうか、色だけね。それならなんとか…。ゆっくり陶器を見ていくと、上のほうの棚にちょっと気になる色合いのマグカップがあった。ごくシンプルな薄手のカップだが、薄い灰青色とでもいうのか、透明なような、少し濁ったような、不思議な色合いをしている。手にとって眺めていると、ミッチも同じものを手にして「これ、ちょっといいな」という。よし、決めた。即断即決。

「じゃ、これにしてもいいですか?」

「もちろん。あなたたち、なかなかお目が高いわね。それ、わたしもすごく気に入ってるの」

「でも、なんか申し訳ないな。そんな貴重なもの、落として壊したりしたら大変だ」

「大丈夫よ。そのときは破片を持ってきて。もう一度、焼いてあげる。破片を砕いて他の土と混ぜて、再生するの」

「へえ、セトモノって再生できるんですか?」

「もちろんよ。実はね、そのマグカップも再生陶器なの。その微妙な色合いは再生の工程で生まれたものよ。うん、いいわね。あなたたちに相応しいカップだと思う」

工房の作業テーブルで紅茶をご馳走になりながら、少し世間話をした。その気になれば、ぼくたちだって「世間話」ぐらいできるんだよ。まあ、相手にもよるけど。

「ここ、うちの学校に割と近いですね。あと野草園からも」

「そうそう、ゴローさん、野草園にお勤めなんですってね。きのう、下でばったりお会いしたわ」

「勤めてるっていうより、遊んでるって感じですけどね」

「いろいろあったけど、この街に移ってきて本当に良かったわ。この仕事場もすごく気に入ってるの。ここの窓から見ると、ずっと東の方にね、街並みのずっと向こうのほうに海が見えるのよ」

紗希子さんはそう言って、しばらく窓の外を眺めていた。それからぼくたちのほうを向いて、にっこりほほ笑むとこう言った。

「実は、あなたたちに聞いてほしい話があるの」

なんだろう。バーバラのこと？　学校のこと？　それとも…。

「バーバラって名前のいきさつ、あなたがた知ってるわよね？」

え、どう答えればいいんだろう？「知ってます」でいいのか？七海とかジュリエットとか言わなければ、「バーバラから聞きました」でいいのかな。

「ええ、バーバラから聞きました。もとはバルバラですよね」

紗希子さんはもう一度窓の外に目をやり、それからぼくの目をまっすぐに見てこう言った。

「わたし、七海のことも真海のことも覚えているの」

一瞬、なにを言われたのか分からなかった。時間が止まるというのは、こういうことなんだな、頭の片隅でそう呟いている自分がいた。先に口を開いたのはミッチだった。

「それ、どういうことですか？最初から覚えていたんですか？」

「最初からじゃないわ。ずうっと忘れていたの。わたしの病気のこと聞いたわね。ずっと忘れていたけれど、四年ぐらい前、バーバラが中学生のとき、学校でいろいろあってね、たぶんそれがきっかけで双子の娘がいたことを思い出したの」

「一挙に思い出したんですか？」

「最初はかすかな記憶よ。真海と七海という名前、おぼろげなイメージ。それから少しずつ、少しずつ、一年近くかかって、ほぼ全体が理解できるようになったの。でも、その間、わたしも混乱したわ。だってバーバラが、七海だからほんとはジュリエットなのに、バーバラって呼ばれて平然としてるでしょう？　それどころか、学校でもみんなにバーバラって呼ばせてるでしょう？　これは、一体どういうことなんだろう。何か月も考えて、考えて、ようやく分かったの。全部わたしのためなんだって」

そうです、そうなんです。バーバラはほんとにお母さん思いなんですよ。

「あの、ぼくたちにはこう言ってました。バーバラでもジュリエットでも、親が付けてくれた記号だから、どちらでもいいんだって。それに、自分は二人分生きるんだって」

「二人分生きる…。ほんとに、なんて子でしょう」

紗希子さんは自分の言葉を噛みしめるようにじっと目を閉じている。聞くべきか、聞いてはいけないのか、迷った挙句、ぼくは紗希子さんにこう尋ねた。

「あの、バーバラは今でも心配してます。お母さんの心の奥底で、なんていうか、深層心理的な葛藤があるんじゃないかって」

「そうね、あの子を見てると分かるわ。さりげなく気を遣ってる…。心配させて申し訳ないといつも思う。だからシンちゃん、ほんとはこう言いたいんでしょ。なぜバーバラに記憶が戻ったことを言わないのかって」

「お母さんの記憶が戻っても大丈夫だと分かれば、バーバラも安心すると思うんです」

「そうね。わたしも最初はそう考えた。でも、バーバラの気持ちを考えるうちに、本当にそれでいいのかどうか、自信がなくなったの」

「え、どういうことですか?」

「あのね、小さな七海が一生懸命考えて、わたしのことを本当に一生懸命考えて、それでバーバラとして生きる決心をしたわけでしょう? それから何年も、実際にバーバラとして生きてきたわけでしょう? あんな小さい子が、いろいろな思いをみな胸の中に納めて、ただわたしのために『バーバラ』という生き方を選んだわけでしょう? それにわたしは一体どう応えたらいいの?」

「それは…。ごめんなさい。そこまで考えてませんでした」

「記憶が戻ったからといって、『はい、ごくろうさま。もうバーバラじゃなくてもいいわよ』、そんなことを言ったら、バーバラはどうなると思う？　つかの間、安堵するかもしれないけど、それまでの十年近いバーバラは一体なんだったのか。なんの意味があったのか。うまく言えないけど、なんか大きな虚しさだけが残るような気がするの」

ぼくはなんだか圧倒されていた。この子にしてこの母ありだ。どっちも必死で相手のことばかり考えている。紗希子さんの声が少し震えている。

「それでね、ずいぶん迷ったけど、最後にわたしは決めたの。バーバラがわたしにくれた本当に大きな贈り物を、そっくりそのまま受け取ろうって。つまり『バーバラ』を全部受け取ろうって…。それが正しいのか、間違っているのか、わたしには分からない。でも相手のことをひたすら考えた挙句に決めたことなら、正しいとか間違ってるとか、そんなことはどっちでもいいんじゃないか。そう思ったの。最初はバーバラがいろんなことを胸に納めて、わたしのために必死に演技してくれた、だから今度はわたしがバーバラのために演技する番だ、そう思ったのよ」

「でも…、いつまで続けるんですか？　その演技は」

「もちろん、死ぬまでよ。それとも、バーバラがバーバラをやめるときまでかな。でも、そんな時はきっと来ないわね」

　気が付くと、紗希子さんの目から幾筋も涙が流れ落ちている。作務衣の上にも涙のあとがいっぱいある。なぜ今まで気付かなかったのだろう。ミッチの顔を見て、理由はすぐ分かった。ぼくたちもさっきから泣いていたのだ。涙で涙が見えなかった。おい、ミッチ、男のくせにもらい泣きなんかするなよ。


　紗希子さんは一度席をはずし、冷めた紅茶を淹れ直してくれた。

「ごめんなさい。こんな重たい話をして。でも、この間あなたたちに会ったとき、すぐに分かったの。話をするならこの人たち以外にいないって」

「え、どうしてですか？」

「バーバラはね、いろいろ付き合いはあるけど、ほんとの友だちってなかなかできないのよ。転校のせいもあるけど、きっといい子すぎるのね。みんな、微妙に波長が合わないみたい」

「まあ、そりゃ、ぼくたち大バカ研の仲間ですから」

「なに、そのオオバカケンって？　ああ分かった。前にバーバラが言ってたっけ。そういうことかもね。あの子、素敵なオオバカなのよ、きっと。だからね、お願いします。バーバラのいい友だちになってね」

すかさずミッチが割り込む。

「だいじょうぶですよ。こいつ、バーバラと波長バッチリですから」

「あともう一つ、これが最後のお願いよ。きょうの話を覚えておいてほしいの」

「え？　もちろん忘れませんよ。でも覚えておいて、どうすりゃいいんですか？」

「それでね、あなたがたが必要だと思うときが来たら、バーバラに言ってほしいの。わたしが七海のことを覚えていたって。わたしがバーバラにどれほど感謝していたか、バーバラの贈り物をどれほどありがたく思っていたか、わたしの気持ちをバーバラに伝えてほしいの」

「でも、それって、ご自分で伝えればいいじゃないですか」

「だから言ったじゃない、わたしは死ぬまで話さないって。いま言ったのは、わたしが死んだあとの話よ」

「そんな…」

「万一の場合よ。万一の場合。たとえば飛行機が墜ちてわたしが突然死んだりしたら、残されたバーバラはどう思うか、わたしなりに考えてみたの。そのとき、ひょっとしてこんなふうに思わないか、少し心配になってね。あーあ、結局ママはあたしが七海だってこと思い出さずに死んじゃった、ほんの少しでいいから覚えておいてほしかったなあ…」

「…たぶん、そうは思わないと思います」

「たぶんね、わたしもそう思う。でも、万一よ。もしもの話。もしもバーバラがそう思うようなことがあったら、そのときはわたしの本心を伝えてほしいの」

「ほんとうに伝えたほうがいいんでしょうか?」

「ほんとうはね、わたしにもよく分からない。だから、その判断も含めてあなたたちにお願いしたいの。ふふ、わたしもズルいわね。きっと保険をかけてるの。だれかに知っておいてほしいのよ」

これは大変なことになったぞ。これまでの人生で、最大級の秘密を聞いてしまったような気がする。そんな重大なこと、ぼくたちの手に負えないのではないか。ミッチのほうを見ると、戦いにのぞむ古武士のような顔をして腕組みしている。紗希子さんは黙って自分の手を見つめている。それから顔を上げて、ゆっくり頷きながらぼくの目を見た。

「いいわね？」

「あの、ぼくたちでいいんですか。ぼくたち、適任なんでしょうか？」

「あなたたち以外にいないの。ほんとにごめんなさいね。こんな一方的なお願いをして。会うのはまだ三度目だっていうのに…。でも回数じゃないと思う。さっきも言ったけど、最初に会ったとき、はっきり分かったの。とうとうバーバラに本当の友だちができたんだなって。だってバーバラ、あなたたちと知り合ってからずいぶん変わったのよ。生き生きして、なんか楽しそう」

「少し買いかぶられているような気もしますが…」

「そんなことないわ。ゴローさんも太鼓判を押していたもの」

ゴローさん？　いったい何を言ったんだ？

「そういうことでね、バーバラのこと、これからもよろしくお願いしますね」

「ガッ…」と言ってミッチが言葉を飲み込んだ。こいつ、「ガッテン承知の助」って言うつもりだったな。少しは時と場合をわきまえろよ。

「あの、それはもちろん、友だちとしてってことですよね？」これはぼく。言わずもがなだったかな。

「もちろん、男の子と女の子だから、この先いろいろあるかもしれないけど、どうなってもいい友だちでいてね、そういう意味よ」そう言って紗希子さんはウィンクした。え！　ウィンクなんかするんだ、この人。

夕方の風、海と空とバーバラの笑顔

ぼくとミッチは何度もお礼を言い、紗希子さんは何度も「ごめんなさい」と言い、ちょうだいしたマグカップの包みを大事に抱えてぼくたちはアトリエをあとにした。

「それにしても、エライ責任を負っちまったな」

ミッチが間伸びした口調で言う。ちっともえらい責任を負ったようには聞こえない。

「これ、一生バーバラの面倒見なけりゃいけないってことだろ？ すげえな、シンイチ。よろしくな」

他人事みたいに言うのはよせ。おまえも同罪だよ。

最初の角を曲がると、向こうから、そのバーバラが歩いてくる。

「へへ、遅いから、ちょっと見に来ちゃった。あ、それ焼物でしょ。全面的信頼の証だね。あとで見せてね」

紗希子さんは本当に心を許した人にしか作品をプレゼントしないのだそうだ。だから贈った陶器を見ると、彼女が相手のことをどんな風に考えているか、だいたい分かるという。

「でも、これ、ぼくたちが自分で選んだんだよ」

「それ、きっとテストされたんだと思う。ママにしては珍しいわね。で、どんなのを選んだの?」

「ふつうのマグカップだよ。淡いような、深いような、ちょっと面白い色のカップ」

「ふうん、ママ、なにか言ってた?」

「なかなか目が高いって褒められた。自分でもすごく気に入ってたんだって。まあ、お世辞だと思うけどさ」

「ママって、お世辞言わない人よ。じゃ、なんのテストだか知らないけど、きっと合格したのよ。よかったわね。ママ、ほかになんか言ってた? あたしのこととか」

「別になにも言ってなかったなあ。な、ミッチ」

「うん、焼物の話ばっかだったな、再生陶器のこととか。あ、このマグカップも再生陶器なんだって。だからオレたちに相応しいって言ってたよ」

「へえ、ママもなかなか含みのあること言ってくれるじゃないの」

「そういえば、ゴローさんの話も出たな。きのう、ばったり会ったんだって」

バーバラが足を止めて、くるりと一回転した。目がきらきら輝いている。

「ねえねえ、ママとゴローさんって、いい感じだと思わない？」

「ああ、そういえばそうだな。なんか、自然になじんでる感じ。でもさ、恋人同士っていうより、昔からの知り合いみたいだな」

「そうかな、それ以上だと思うけどなあ…。ミッチはどう思う？」

「オレもいい感じだと思うけどさ、まあ当人同士の問題だから、そっとしとけば？　オレ、相性がどうとか、お似合いのカップルとか、そういうの、あまり趣味じゃないんだ」

よく言うよ。この大ウソつきめ。

「だめよ、ミッチ。ちゃんと関心を持ちなさい。だいたい、良子のことだってどう思ってるのよ」

「うえ、そう来るわけ？　それはまた別の話だろ。それより、おまえこそ…」

バーバラが笑いながら駆け出した。ゆるい坂の上で立ち止まり、東のほうを見ている。ぼくたちも追い付いてバーバラの隣に立った。ここからは街が一望できる。

「見慣れた景色だけど、ほんとうにきれいね」

足元をゆったり流れる川。川岸のグラウンドを誰か走っている。その向こうに広がる街並み。遠くの街の音が聞こえる。駅舎や古い大学の建物、公園と市民会館、あの歩道橋までよく見える。街並みのずっと遠くのほうには海が見える。

「もうすぐ夏休みね。何をしようか？ ちょっとポプリに行って相談する？」

だいぶ陽が傾いてきた。ああ、風が気持ちいい。海の上に夕方の東の空が広がっている。淡いような、深いような、吸い込まれそうな灰青色。小さな丸い雲がポコポコ浮かんでいる。あのマグカップみたいな不思議な青だ。バーバラも話すのをやめ、子どものように屈託のない笑顔を浮かべて、じっと東の空を見ている。

不意にぼくは思った。この光景はきっと一生忘れないだろう。西日を受けて輝いているぼくたちの街。あの海と空の色。初夏の風と新緑の匂い。それにバーバラの笑顔。この先、どんなことがあるか分からないけれど、この夕方のことは決して忘れないだろう。

「ん？　シンちゃん、なにか言った？」

風の中でバーバラが振り向いた。

「いや、別に…。でもさ、バーバラってほんと、いい名前だよな」

（了）

シンイチのあとがき

みんな元気？　最後まで付き合ってくれて、ありがとう。ちょっとカッコつけて、「あとがき」なんてものも書いてみることにしたよ。

なんでこんな話書いたのか、自分でもよく分からないんだけどさ、ただ、きちんと形にして残しておきたかったんだと思う。ほら、物語の最後のところでぼく自身が言ってるじゃない、「この光景はきっと一生忘れないだろう」って。それを残しておきたかったんだ。

この高校二年の初夏の出来事は、ぼくらにとって、すごく特別な経験に違いない。この先どういうことがあるか分からないけど、きっとぼくはこの夏のことを何度も何度も思い出すんじゃないかな。いろんなことがここから始まるような気がする。

だから思い切って書いてみたんだ。最初は日記みたいなもんだったけど、書いてるうちにミッチもバーバラも生き生きと動き出して、気が付いたら小説みたいになってた。もちろん出版の予定はないよ。だいいち紗希子さんとの話をバーバラが読んだらまずいから、出版なんてできないけどさ、仮に将来、出版するようなことになったら、やっぱりバーバラに最初に読んでほしいな。あらためて感想を聞きたい。そのとき、ぼくたちはどうなってるんだろうね？

あと、ひとつだけ、言っておきたいことがある。あのろくでなしの「Y」、あいつはほんとにずる賢い小悪党だと思うけど、これを書いているうちにふと思ったんだ。身の回りには、もっとひどいことがいっぱいあるんじゃないかって。つまりさ、あいつがやったことは犯罪だけど、犯罪にならなくてもひどいことってあるじゃん？　わかるだろ？　匿名の中傷とか、差別とか、悪質なデマとか。あの「Y」はアホだけど、最後のところは自分で手を汚していた。だけどこのネット時代、もの陰に隠れて、匿名で陰湿に人を攻撃する人間がたくさんいる。そんな人間ばかりになったら、世の中、一体どうなるんだろう？　ぼくたちがほんとに戦わなくちゃいけないのは、そっちのほうなんじゃないか、そんな気もするんだ。

もちろん人の悪口は良くないけど、それ以前に、「匿名」ってのがまず問題だと思う。言いたいことがあるなら、やっぱり堂々と名を名乗らなくちゃ。

いま気付いたんだけどさ、ぼくがミッチを好きなのは、あいつ、いつも正々堂々なんだよ。爺様の教えかもしんないけど、古武士みたいに名乗りを上げて、堂々と渡り合う。ほんとに感心するよ。ああ、そう考えてみたら、バーバラの場合はもっとすごいかも。だって、本来自分の名前でもない名前を大事にして、ただ母親のためにそれを名乗り続けてきた、そういうことだろ？　そうか、だからぼくはバーバラが好きなのか。あ、これ、すごく好感が持てるって意味ね。

ま、それじゃ、このへんで。ミッチにも小説書けって言っといたから、いつか、そっちのほうで会えるかも。みんな、コロナウイルスなんかに負けずにがんばれ！

じゃ、またね。

――追伸

蛇足かもしれないけど、「注釈」なんてものも、三つばかり書いてみました。（監修はゴローさん）

【バルバラ】フランスのシャンソン歌手。一九三〇年生～一九九七年没。暗く激越な情熱を秘めた歌唱で圧倒的な支持を得た。代表曲「ナントに雨が降る」「パリとゲッティンゲン」

【グレコ】同じくフランスのシャンソン歌手。一九二七年生～二〇二〇年没。「サンジェルマン＝デ＝プレのミューズ」と呼ばれ、戦後フランスの音楽界を代表する国民的歌手。レコーディングした曲は五百曲以上にのぼる。

【荒野の決闘】一九四六年に公開されたアメリカ映画。巨匠ジョン・フォードによる古典的西部劇の名作。ＯＫ牧場の決闘を題材としており、原題は「マイ・ダーリン・クレメンタイン」。ヒロインの若い女性に淡い恋心を抱く保安官が、最後に「クレメンタイン、実にいい名前だ」と言い残して、荒野の彼方に去っていくラストシーンが印象的。

著者プロフィール

芳賀 透（はが とおる）

仙台二高出身。好きなもの＝夕方の東の空。良寛の書。動物の記録映画。トウモロコシ。木蓮の香り。自転車。パズル。ほとんどすべてのジャンルの音楽。好きな街＝ローマ、ブエノスアイレス、仙台。最近気がかりな事＝自分のウエスト回りと、国際情勢の険悪化。それからもちろん、人類とウイルスの行く末。

バーバラ、バルバラ、バーバレラ

2021年7月15日　初版第1刷発行

著　者　芳賀 透
発行者　瓜谷 綱延
発行所　株式会社文芸社
〒160-0022　東京都新宿区新宿1－10－1
電話　03-5369-3060（代表）
03-5369-2299（販売）

印刷所　株式会社フクイン

ISBN978-4-286-22832-7